Club de lectura para corazones despistados

CLUB DE LECTURA PARA CORAZONES DESPISTADOS

Mónica Gutiérrez Artero

Primera edición: enero de 2023

© 2023, Mónica Gutiérrez Artero
© 2023, Penguin Random House Grupo Editorial, S. A. U.
Travessera de Gràcia, 47-49. 08021 Barcelona

Printed in Spain – Impreso en España

ISBN: 978-84-666-7346-4
Depósito legal: B-20.357-2022

Compuesto en Llibresimes

Impreso en Rodesa
Villatuerta (Navarra)

BS 7 3 4 6 4

Lo fundamental no es lo que te pase, sino cómo te lo tomes.

D. E. STEVENSON, *Villa Vitoria*

1

Poco antes de cerrar su casa en Trevillés y dejar a los vecinos del pueblo sin su única biblioteca, Bárbara descubrió, en la selva jurásica que una vez fue el jardín de la vivienda, unos restos de cerámica sospechosos de cierta antigüedad. Ni la biblioteca ni la cerámica pesaron en su conciencia cuando se mudó a Barcelona para cuidar de sus nietos y ser feliz, dos actividades que algunos de sus amigos creyeron incompatibles. Optimista y con un envidiable don para escapar de cualquier nostalgia, cumplió sus dos propósitos en la inquieta ciudad mediterránea durante años, incluso cuando los niños dejaron de serlo y se convirtieron en adultos más o menos aceptables. No fue hasta que su nieta más joven, el único retoño de su tercer hijo, se sentó a merendar con ella en su piso barcelonés cuando le vino a la memoria la casa de Trevillés con su biblioteca privada y su cerámica semienterrada entre la maleza indómita.

Bárbara era bajita, regordeta y, en contra del pronóstico de sus amigos, tremendamente feliz, algo que se notaba en el brillo travieso de sus ojos grises y en los hoyuelos que se le formaban en las mejillas cada vez que sonreía. Su nieta Abril, excepto en el color de los ojos, no se le parecía en nada y eso la fastidiaba un poquito. No porque a la señora le obsesionara la genética en recesión de sus descendientes, sino porque le molestaba que los lagrimones que resbalaban por la barbilla de la chica y caían en su taza de té de jazmín, dándole un toque salado y aguando el delicado equilibrio floral, contradijesen la alegría primaveral que implicaba el nombre de la chica. Se preguntó en qué estarían pensando sus padres para llamar Abril a aquella criatura frágil y triste que intentaba merendar en su sofá de color amapola.

—¿Por qué lloras, muchacha? —preguntó Bárbara, como Wendy a Peter Pan la primera vez que se encontraron en la novela de James Matthew Barrie.

—Ya te lo he explicado.

—No he entendido ni media palabra.

—Ay, abuela...

—Límpiate las lágrimas, termina el té y vuelve a empezar —dijo, pues pensó que tales instrucciones servían para cualquier circunstancia de la vida.

Su nieta, obediente, utilizó tres pañuelos de papel, dio un

último sorbo a la taza humeante y se lanzó a narrarle su larga serie de catastróficas desdichas. Desde hacía una década, Abril trabajaba en Ollivander & Fuchs, una de las empresas de publicidad más prestigiosas de Europa. Había ido subiendo de categoría, de sueldo y de responsabilidades hasta alcanzar unos niveles de estrés solo comparables a los de un astronauta a punto de pisar Marte por vez primera. Nunca se quejaba. Bárbara pensó que quizá se debía a esa mezcla de ansiedad, cansancio y nerviosismo lo que había llevado a su nieta hasta el punto de aguar el té de jazmín, pero la historia era más complicada. Era cosa de los seres humanos complicar todas las historias, quizá solo así lograban convertirlas en literatura.

Su nieta había recibido el honor y el beneplácito de sus jefes para enviar la nueva campaña terminada a uno de sus clientes más importantes. Finalizarla a tiempo había significado para Abril y su equipo dormir apenas cuatro horas al día durante casi un mes y mudarse a la oficina durante casi todas las horas de vigilia. Redactó su correo electrónico triunfal para el cliente, adjuntó el codiciado archivo, puso en copia a todo su equipo y a los socios de Ollivander & Fuchs, que se llevarían el mérito y los millones, y lo envió. Con tan mala fortuna que su cerebro exhausto confundió el nombre de la corporación multinacional con el de su competencia, que figuraba en su libreta de direcciones electrónicas ya que también había solicitado los servicios de los publicistas. Así fue como toda una estrategia de publicidad diseñada y planificada por ciento diez profesionales como la más original y novedosa del año, probablemente candidata a los premios Cannes Lions, en lugar de ir a parar a la bandeja de entrada del CEO de Chips Inc. fue a parar a la del CEO de Choaps S. L. Y ese fue el principio del fin de la carrera publicitaria de Abril Bravo.

—Una catástrofe —sollozó—. Como si hubiese mandado la estrategia de todo un año de Coca-Cola a Pepsi.

—Resumiendo —dijo la anciana en cuanto estuvo segura de que su nieta había terminado con sus desventuras y sus comparaciones—, te has quedado sin trabajo, sin piso y sin aliento.

—Y me he mudado a casa de mi padre.

—No me parece tan terrible.

—Porque no has estado atenta a la parte en la que te he dicho que la empresa va a denunciarme.

—Qué extraño.

—¿Qué me denuncien?

—Que no haya estado atenta. Me lo has repetido cinco veces.

—Abuela, no te lo tomes a broma. No sé qué voy a hacer.

—Pareces olvidar que tu padre es un excelente abogado. No se lo pondrá fácil a esos Chips y Chops.

—Ollivander & Fuchs.

—¿Quiénes?

—La empresa que me denunciará y que se encargará de

que nadie en Europa me emplee en ninguna otra firma de publicidad.

—¿Por qué todos tienen esos nombres tan ridículos? No me extraña que te equivocases al enviar el correo.

—Si lo dices para consolarme...

—Lo digo porque es cierto, Abril. —Se sentó en el filo del sofá y tomó las manos jóvenes y temblorosas entre las suyas—. Equivocarse no es tan terrible. Caemos, nos levantamos, lloramos un poquito por las consecuencias, aprendemos de nuestros errores si somos listas y seguimos adelante.

—Depende de los miles de euros que cueste el error.

—¿Te has disculpado?

—Varias veces y con todos los implicados. No ha servido de nada.

—Ha servido para tu tranquilidad de conciencia. ¿Qué vas a hacer ahora?

—No lo sé, no puedo pensar. Mi cerebro se ha congelado. Solo lloro y duermo. Dejé mi piso de alquiler, me mudé con mi padre, apagué el móvil y lo enterré en la maceta grande de la terraza del comedor.

—¿Qué maldad es esa?

—Odio los geranios, huelen a algo siniestro descomponiéndose. Como mi carrera profesional.

—Me parece que necesitas un descanso —dijo Bárbara con el consuelo de que por lo menos no lo había enterrado bajo las violetas—. Y un móvil nuevo.

—¿Para qué?

—En Trevillés hay una excelente cobertura.

—Soy demasiado vieja para convertirme en uno de esos personajes novelescos que después de un desastre empiezan de nuevo en otro lugar.

Por primera vez, Bárbara miró a su nieta con admiración. Después de todo, quizá hubiese un atisbo de agallas dentro de aquel gatito lloroso, lo suficiente para haberse hecho un hueco en la industria publicitaria partiendo de cero y sin contactos. Tal vez se pareciese más a su padre de lo que había supuesto.

—Tienes veinte años, no eres vieja.

—Tengo treinta y tres, abuela —se quejó.

—Lo que sea, no es relevante. —Si su nieta más joven tenía treinta y tres años, le ponía las cosas muy difíciles a la hora de pensar en su propia edad—. Tampoco es que vayas a comenzar de nuevo en Trevillés, allí no hay nada con lo que empezar o terminar. Te ofrezco un descanso, un retiro espiritual. Podrás leer todo lo que te apetezca, sin horarios, y recordar lo mucho que te gustaban la Arqueología y la Historia.

—¿Cómo es posible que te acuerdes? Incluso a mí se me había olvidado que soy licenciada en Historia.

—Mis nietos son importantes para mí. Casi tanto como las vasijas de mi jardín.

Bárbara, que disfrutaba desconcertando a sus interlocutores, soltó una carcajada y se dispuso a proponer un trato a la benjamina de la familia. No estaba segura de cómo podría salvarla de sí misma, pero al menos intentaría descongelarle el cerebro.

2

Todos los recién llegados a un lugar nuevo comparten el mismo aire de desamparo. No importa de qué huyan, qué aventura emprendan o de qué se escondan, mudarse siempre conlleva una gran parte de pérdida. Abril, que estaba a punto de cruzar la única plaza de Trevillés por vez primera, no era una excepción. Ni siquiera el frío que convertía en nubecillas su respiración y la nieve que crujía confortable bajo sus botas contribuían a salvarla de la sensación de desarraigo. Todo era limpio y puro alrededor, como debería ser cualquier principio, incluso aquel, al final de tantas cosas.

Cuatro horas de viaje, casi trescientos kilómetros y dos puertos de montaña interminables, escarpados y mareantes después, la habían dejado en aquel valle fronterizo a más de dos mil metros de altura, lugar de encuentro de dos ríos, el

Garona y el Nere. Al sur, el Aneto, Tuc de Molières, Besibe-rri, Montardo, Tuc de Colomèrs. Al norte, los Pirineos franceses, Huradic, Crabèra, Maubérme, Bolard. Los picos se sucedían azules y blancos en cualquier horizonte cercano, y la belleza del paisaje, a medida que se habían aproximado a Trevillés, quitaba el aliento. Mareada por la altitud y las curvas cerradas de la carretera, Abril había leído en Google que en 1810 el valle todavía pertenecía a Francia, administrado por el Imperio napoleónico e incluido en el departamento del Alto Garona, y que, a mediados del siglo XX, algunos pueblos hubieron de reconstruirse tras los bombardeos de la Guerra Civil española. Ni siquiera aquella isla diminuta, al pairo de un inmenso mar de montañas, había permanecido intacta y a salvo de los temibles embates de la historia.

Notó fijos en la espalda los ojos de su padre, que había detenido el coche junto a la plaza Mayor y le había preguntado hasta cinco veces si estaba segura de quedarse. Tal vez sospechaba que aquella huida tenía más que ver con su madre que con su hija, pero conocía a ambas lo bastante para intentar siquiera hacerlas cambiar de opinión. O quizá se preguntaba si habría insistido lo suficiente sobre lo poco conveniente que le parecía que su hija lo dejara todo para esconderse en ese pueblo remoto, a la sombra de los Pirineos.

—Abril. —Su voz resonó demasiado fuerte en la quietud de la mañana—. Si volvemos ahora, estaríamos en casa para merendar.

—Papá, vete. —Al darse la vuelta para contestar, lucía casi una sonrisa, la primera desde hacía muchas semanas—. Estaré bien.

Lo vio allí de pie, junto a su coche, con su pelo más cano que castaño, sus gafas de pasta que le conferían esa mirada a lo Atticus Finch y su traje oscuro. En los últimos años había ganado algo de peso y le sentaba bien. Miguel Bravo, que pese a su profesión seguía escuchando la voz de su Pepito Grillo, se encogió de hombros y dejó ir a su hija.

—De acuerdo —se rindió—. Pero recuerda tres cosas: llama por teléfono al menos una vez a la semana y avísame en cuanto quieras que venga a recogerte. No importa lo que le hayas prometido a la abuela.

—¿Y la tercera?

—¿La tercera qué?

—Has dicho que recuerde tres cosas.

—Exacto, recuérdalas, no seas como yo.

—Es por cuestiones como estas por las que me he ido de casa.

Esperó a que entrase en el coche, pusiese en marcha el motor, maniobrase para dar la vuelta y decirle adiós por enésima vez, pero su padre había bajado la ventanilla.

—Oye —dijo Miguel con suavidad antes de despedirse—, esto también pasará.

Abril tragó con esfuerzo el nudo que se le había formado en la garganta, segura de que si lloraba se le congelarían las lágrimas en las mejillas. Agitó la mano enguantada un par de veces y se quedó mirando el coche hasta perderlo de vista, hasta que solo quedaron ella y sus dos maletas bajo un cielo azul intenso sin nubes ni presagios.

La plaza, inesperadamente amplia para lo pequeño que era Trevillés, un pueblecito de poco más de ochenta habitantes en el que se hablaban cuatro lenguas distintas y los turistas ignoraban con tesón, se abría en semicírculo como un abrazo porticado desde el edificio histórico consistorial. Pese a que ni los estilos arquitectónicos, ni las épocas ni la grandeza coincidían, le recordó una miniatura de la plaza Vendôme, quizá por la distribución o quizá porque sabía que no iba a viajar en mucho tiempo y la nostalgia le jugaba malas pasadas. De pronto, se sintió anclada a ese lugar, a ese momento, sobre la nieve limpia, bajo el cielo de un terrible azul, tan a destiempo como el árbol gigantesco que presidía la plaza, adornado todavía con las luces de Navidad a finales de enero, en lugar de la columna napoleónica de la Vendôme.

Los edificios de la plaza lucían fachadas de piedra gris y tejados de pizarra negra a dos aguas salpicados de nieve. A diferencia del resto de las calles del pueblo, allí no humeaba chimenea alguna, aunque podía reconocer sin esfuerzo el olor cercano de las lumbres hogareñas. Solo cinco casas de dos plantas, con el ayuntamiento en el centro y el resto de las fachadas resiguiendo la curva tras los pórticos de madera. El pueblo se desplegaba, también en construcciones de poca altura, en callecitas estrechas pero bien adoquinadas con piedras desgastadas.

Contó desde el extremo; la cafetería pastelería, el consistorio, la consulta del médico, la farmacia y la casa más bonita de todas, la que estaba buscando. Su abuela le dijo que llevaba tiempo cerrada, pero la puerta de dos hojas y los postigos de madera oscura, tras los que se protegían los ventanales junto a la entrada, parecían recién pintados y barnizados. Sin quitarse los guantes, se sacó del bolsillo la gran llave de hierro que había aferrado con su mano derecha durante todo el trayecto hasta allí, como un amuleto, y la introdujo en la cerradura. Resultaba tan anacrónico que por un instante pensó estar abriendo la Tardis y que cuando cruzase al otro lado sería 1800.

Dentro estaba oscuro y hacía más frío que en la plaza. Alguien había cuidado de ese lugar, ventilándolo para que no oliese a humedad y manteniéndolo libre de polvo y telarañas. Resistió la tentación de tocar el interruptor, corrió las pesadas cortinas verdes con florecillas lilas bordadas y abrió los postigos de los ventanales de la fachada. La luz de esa mañana de enero le descubrió un espacio inmenso de techos altos con vigas de madera, paredes de piedra, un sinfín de muebles disparejos, algunos cubiertos con sábanas y manteles remendados, y una gran chimenea presidiendo uno de los laterales de la planta, cerca de la escalera angosta que se hundía en las entrañas de la planta superior. Un enorme y horrible *Ficus lyrata* con pintas de carnívoro —aunque para su parcial tranquilidad solo resultó ser artificial— custodiaba una de las ventanas centrales. Pero lo que la hizo soltar el aire de los pulmones con un leve «ah» de asombro fue el verdadero tesoro de la cueva de Aladino; las soberbias, robustas y maravillosas estanterías de madera cargadas de libros, libros y libros. Ocupaban tres de las cuatro paredes y eran tan altas que casi rozaban el techo. Olían a cera para muebles, ostentaban pequeñas placas doradas con cada una de las letras del alfabeto y los colores de los lomos a la vista lucían como las piedras preciosas que se derraman de los cofres de un fabuloso tesoro. Una escalera rodante, a juego con la madera de los estantes y acoplada a la librería principal, descansaba a medio camino de la letra M.

—Disculpa —la sorprendió una voz de mujer a su espalda—. ¿Eres la nueva bibliotecaria? Quiero apuntarme al club de lectura.

La señora, de mediana edad y mediana altura, fibrosa, pulcra, abrigada con ropa y botas cómodas, tenía un rostro amable, aceitunado y sin maquillar. Aunque parecía desalentada —Abril no supo explicar mejor ese rictus pesaroso en la comisura de sus labios—, algo en la oscuridad de sus ojos suplicaba que se le concediera una razón para recuperar el interés por un mundo tan decepcionante.

—Supongo que sí —contestó al fin a la pregunta de la mujer—. Acabo de llegar.

La señora siguió su mirada hasta las dos maletas junto a la entrada y pareció hacerse cargo de la situación. Cuando sonreía, sus ojos oscuros se iluminaban.

—Soy Parvati —se presentó—, vecina del pueblo. Vivo cerca, aunque sería imposible vivir lejos en un lugar tan pequeño, y me paso de vez en cuando para que la biblioteca no se deteriore. Tu abuela me dijo que vendrías y que te instalarías en la planta de arriba, así que también le di un repaso.

—Gracias. Es una biblioteca fabulosa.

—Ven.

La cogió del brazo y la llevó hasta la pared del fondo. Se paró frente a la puerta del armario de Narnia y lo abrió con un crujido impresionante de cerrojos y madera con mucha historia.

Del otro lado no apareció el interior de un mueble sino un rectángulo de verdor iluminado por el sol de invierno. No era Narnia, era una selva en miniatura, un revoltijo asilvestrado de plantas, hierbas, arbustos, árboles y otras maravillas botánicas que, en una época remota —allá por el siglo XIX—, debió de ser un bonito jardín interior. Abril, hechizada por la exuberancia silvestre, distinguió a través del abrazo de las enredaderas la estructura de algunas sillas y mesas de hierro forjado, un desfile de setas de aspecto tenebroso y una marea creciente de zarzas y otras hiedras espinosas. Su abuela le había pedido que, para entretenerse, desenterrase las vasijas y las datase.

—Seguramente carecerán de valor alguno —le dijo tras recordarle que por mucha publicidad que hubiese aprendido en los últimos años su licenciatura en Historia seguía siendo válida—, pero si crees que algún museo arqueológico podría aceptarlas, lo dejo en tus manos.

De lo que Abril estaba segura era de que carecían de visibilidad, no había rastro alguno de vasijas en aquella maraña esplendorosa que se había tragado el jardín original. Un soplo de viento helado meció las ramas más altas de los árboles, y su aroma a humedad y a promesas invernales la envolvió. De las paredes de piedra que delimitaban toda esa selva apenas quedaba libre de vegetación la parte superior. Deseaba volver adentro, con los libros, que parecían menos propensos a tragársela, pero Parvati seguía plantada en el umbral, entusiasmada.

—Son castaños —explicó señalando los tres regios árboles bajo cuya sombra medraba el caos esmeralda—. Allí narcisos, rododendros, boj, rosales silvestres, acónito y groselleros. En primavera da gusto verlo.

—Está un poco crecido —dijo Abril con diplomacia. Le gustaba cómo sonaba lo de los groselleros y los rosales, pero no se atrevía a preguntar si lo del acónito se debía a que el pueblo sufría ataques frecuentes de hombres lobo.

—Necesita cariño y tiempo —concedió la mujer mientras Abril imaginaba lo bien que ardería todo en la chimenea de la biblioteca—, como algunas personas.

—¿Es usted jardinera?

—Antes era muchas otras cosas además de jardinera. Ahora no estoy segura siquiera de si seré capaz de encontrar unos calcetines en la cómoda de mi dormitorio.

Abril, que se la había quedado mirando con asombro, sintió un cosquilleo muy raro en la boca del estómago. Sabía muy bien de qué le estaba hablando la desconocida, pero, reservada por naturaleza, no se atrevió a decírselo. El cansancio la había perseguido hasta Trevillés. Tenía tanto sueño que la tentó buscar entre la maraña silvestre la manzana de Blancanieves para darle un buen mordisco que la dejase fuera de combate durante unos cuantos años, a ser posible hasta que un meteorito gigante cayese sobre Ollivander & Fuchs y lo borrase del mapa, hasta que nadie recordase que jamás existió una agencia de publicidad con ese nombre.

—No tengas prisa por arreglar el jardín —dijo Parvati malinterpretando su mirada de anhelo.

—Empezaré por los libros —decidió.

—No se me ocurre ningún otro principio mejor que ese.

—¿Qué le dijo mi abuela? Sobre mi llegada —añadió las últimas tres palabras insegura.

—Que pasarías aquí un tiempo, que estabas muy estresada y que te dejásemos descansar. Pero me prometió que mantendrías la biblioteca abierta todas las mañanas, excepto los fines de semana, y que retomarías el club de lectura.

Abril, que en los pactos mefistofélicos con su abuela no

había oído que mencionase nada sobre un club de lectura, se abstuvo de confirmar las esperanzas, fundadas o no, de la mujer.

—En la planta superior encontrarás una cocina rudimentaria, dos dormitorios y un cuarto de baño completo. No hay calefacción, pero además de la chimenea grande de aquí abajo tienes dos más pequeñas arriba. Te recomiendo el dormitorio de la izquierda porque, aunque es menos espacioso, es el más cálido. Si no te apetece cocinar, en la cafetería de aquí al lado pueden hacerte un bocadillo. María —añadió tras pensárselo un instante— hornea de maravilla el pan, los pasteles, las magdalenas, las galletas y todas las pastas. Solo tenemos un supermercado, al final de la calle ancha. Te dejo para que te instales, recuerda que en el primer cajón del escritorio principal —dijo señalando el bulto cubierto con una sábana blanca junto a la pared oeste— tienes una pequeña agenda con los números de teléfono de casi todos los vecinos.

Parvati cerró la puerta de Narnia, dejando al otro lado la misteriosa selva jurásica, y cruzó la estancia hasta la salida. Antes de desaparecer, se volvió con solemnidad y esbozó una misteriosa reverencia asiática que a Abril se le antojó antigua como el tiempo.

—Bienvenida, eh...

—Abril.

—Bienvenida, Abril, en pleno enero. —Soltó una risilla de disculpa por el mal chiste y la miró con inesperado cariño—. Ni te imaginas las ganas que teníamos de que la biblioteca volviese a abrir.

Le gustó el golpe de la madera al encajar en su marco cuando Parvati cerró la puerta tras ella. Respiró profundamente y le pareció que parte del peso que llevaba sobre el corazón se había aligerado. Abandonó la puerta de Narnia y recorrió despacio las estanterías desde la pared oeste, tocando con la punta de los dedos los lomos de los libros de diferentes colores y tamaños ordenados alfabéticamente por los apellidos de los autores. Jane Austen, Lord Byron, Wilkie Collins, Charles Dickens, E. M. Forster, Benito Pérez Galdós, Ana María Matute... Más allá, Proust, Shakespeare, Shelley, Verne... La bibliografía de algunos autores era tan extensa que se apilaba en una doble hilera para aprovechar el espacio en las estanterías.

Volvió al principio, junto a Agnello, Alcott y Alighieri, que abrían el catálogo de autores, y respiró profundamente. No recordaba la última vez que había disfrutado de una lectura por puro placer. Memorandos, informes, cursos, dosieres de prensa, correos electrónicos, manuales prácticos, conferencias y comunicados, pero ni una sola novela, ni un poema ni un ensayo desde que había entrado a trabajar en Ollivander & Fuchs. Apartó de sus pensamientos el doloroso nombre de la compañía publicitaria y evocó sus años en el instituto y en la universidad, cuando se gastaba en libros y en salir con sus amigas todo lo que ganaba impartiendo clases particulares. Cerró los ojos, caminó a lo largo de la planta con la única guía de sus dedos rozando los lomos de los libros al pasar y se detuvo en un tomo cualquiera.

—*La isla del tesoro*, de Robert Louis Stevenson —leyó en voz alta el título cuando lo sacó de su retiro.

Olvidó las maletas donde estaban, fue a la planta superior por la estrecha escalera de madera de roble, escogió la habitación de la izquierda, se descalzó y, antes de acomodarse entre los cojines de la enorme cama con cabezal metálico, se envolvió en un edredón de plumas sin quitarse ni una sola pieza de la ropa que llevaba. A sabiendas de que los negros pensamientos, la culpa y el miedo que le pisaban los talones desde Barcelona la alcanzarían también allí por mucho que se escondiera, abrió el libro con rapidez para acallar la pena tan solo un segundo y entró en la posada Almirante Benbow.

Habiéndome pedido el caballero Trelawney, el doctor Livesey y los demás caballeros que escribiera, desde el principio hasta el fin, toda la historia de la isla del tesoro, sin omitir nada salvo la posición de la misma, y eso solo porque todavía queda allí algún tesoro no descubierto, tomo la pluma en el año de gracia de 17... y retrocedo al tiempo en que mi padre regentaba la posada Almirante Benbow y en que el viejo y atezado marinero, con la cicatriz causada por un sablazo, por primera vez se alojó bajo nuestro techo.

3

Resultó una casualidad que Parvati fuese la primera en descubrir a la nueva bibliotecaria porque sus paseos matutinos no solían acercarla a la plaza Mayor del pueblo hasta bien entrado el mediodía, cuando Ángel ya había cerrado la consulta de dentista y abierto la farmacia. Pero desde que los niños no estaban, las rutinas se le habían enredado tanto que habían dejado de serlo. Todo era desorden y sinsentido, un poco como el jardín de la biblioteca.

Sin saber cómo había sucedido, Parvati se encontraba a punto de cumplir sesenta años y sin alguien que la necesitase con urgencia. Un día era joven, ágil y el ángel de la guarda de dos niños inquietos, y al siguiente se había convertido en una señora con dolores articulares y un montón de tiempo libre. Hija de migrantes hindúes, que habían cambiado un pueblecito en Sikkim, cerca del Kanchenjunga, la tercera montaña más alta del mundo, por otro pueblecito en la falda de los Pirineos, ella y su hermano Daru habían nacido en Trevillés. Aunque al marcharse de la India el primer destino de sus padres había sido Barcelona, puesto que allí vivían algunos conocidos que los acogieron con amabilidad, no tardaron en abandonar la ciudad en busca de trabajo como pastores, la profesión familiar que también había seguido Daru. Cuidaron con tanto mimo las ovejas de Trevillés que cuando el ganadero local enfermó y su mujer las vendió a un empresario de León, Daru se marchó con ellas incluido en el contrato. Decía que seguía su vocación, que el pueblo nada tenía que ofrecerle si se quedaba, pero Parvati estaba convencida de que se iba porque se le rompía el corazón con solo imaginar sus ovejas al cuidado de otro.

La grabación de la torre de la iglesia de Sant Bartomeu el Gran tocaba una sola campanada cuando Parvati entró en la cafetería, saludó a María, la dueña, y se sentó a una de las mesas junto a la ventana. El establecimiento también hacía las funciones de panadería y pastelería, y a esas horas —como a casi todas y como en el resto de los escasos negocios de Trevillés— solía estar tranquilo. Rosa, la alcaldesa del pueblo, entró poco después, y María aprovechó para reunirse con ellas del otro lado del mostrador y pedirle ayuda para servir el acostumbrado aperitivo: frutos secos, aceitunas adobadas, altramuces —para controlar el colesterol— y una botella de vermut blanco —para disparar los triglicéridos—, además de cinco copas porque Jaume y Ángel estarían al caer.

—Acabo de conocer a la bibliotecaria. —Parvati soltó la primicia en cuanto las dos mujeres se sentaron a la mesa y brindaron como de costumbre.

—¿Habrá club de lectura? —preguntó Rosa.

—¿Cómo es? —se impacientó María solapando su pregunta a la de la alcaldesa.

Parvati, María y Rosa eran amigas desde la infancia. Nacidas en Trevillés, fueron juntas a la escuela de primaria que hubo en el pueblo hasta finales del siglo anterior, cuando su población descendió tanto que apenas quedaron niños que escolarizar, y luego al instituto, en Vielha. Parvati, pese a la insistencia de sus padres para que optase por una profesión, se enamoró, se casó y prefirió cuidar de su familia con la generosidad y la dedicación que la caracterizaban. Desde que sus dos hijos se habían marchado a la universidad, sufría un marcado síndrome del nido vacío y a menudo se la veía en las nubes, tal vez pensando en los reproches paternos sobre la importancia de realizarse profesionalmente o quizá contando los días para que los chicos volviesen a casa por vacaciones; apenas le llegaba la concentración para la lectura, la única afición que mantuvo durante todos esos años ejerciendo de jardinera, enfermera, cocinera, lavandera, psicóloga, maestra, árbitro, chófer, gestora de cuentas y las mil profesiones requisito de la maternidad. Incapaz de decantarse por un solo género literario, su debilidad eran los clásicos.

Últimamente, a María, divorciada y sin hijos, le había dado por contar los meses que le faltaban para jubilarse. Inquieta, curiosa e impaciente, estaba convencida de que su vida empezaría en cuanto cerrase su cafetería. Parvati, que no se imaginaba sin el aperitivo cotidiano de la una junto a esos ventanales, con las vistas de la plaza Mayor y su abeto gigante, solía recomendarle que la empezase sin prisas, pero la tranquilidad no estaba en la naturaleza de la pastelera. En las únicas ocasiones en las que se la veía tranquila, y ni aun entonces se libraba del tic de la pierna, era leyendo. Sus novelas preferidas eran las policiacas.

Rosa también vivía sola y ejercía de alcaldesa en Trevillés desde hacía tantos años que nadie en el pueblo recordaba a su antecesor, un funcionario de La Seu d'Urgell que nunca residió en el municipio que gestionaba. Rosa no aparecía en las listas de ningún partido político y podría haber presumido —si alguna vez se le pasase por la cabeza semejante barbaridad— de que sus conciudadanos la elegían por su verdadera vocación de servicio a la comunidad. Prefería la literatura de no ficción, pero de vez en cuando se animaba a leer lo que le recomendaban sus amigas para poder comentarlo cuando los jueves merendaban juntas en las reuniones de Las Tejedoras.

Eran tan distintas entre sí como las constelaciones de la

Vía Láctea, pero coincidían en lo esencial; no había tres corazones más amables, honestos y generosos en todo el Pirineo. Les faltaba poco para cumplir sesenta años y no recordaban cuándo había sido la última vez que pasaron un solo día sin charlar entre ellas. El aperitivo de la una y las meriendas de los jueves de Las Tejedoras constituían su particular refugio.

—Es joven y me recuerda a su abuela, aunque no se le parece más que en el color de los ojos —les contó Parvati—. Podríamos invitarla mañana por la tarde a Las Tejedoras, y le insistimos con lo del club.

—¿Por qué no hoy?

—Deja que se instale. Va a vivir en el piso de arriba de la biblioteca, no se nos escapará.

—¿Quién no se nos escapa? —preguntó Jaume, el marido de Parvati, que acababa de llegar acompañado de Ángel.

Tras vender todos sus almendros a una turronera, Jaume se había convertido en un agricultor jubilado que pasaba los días cazando setas, quejándose de la escasa producción de su huerto y, como tenía buena mano con las reparaciones domésticas, ayudando a sus vecinos con el mantenimiento de sus casas. Le encantaban su esposa y las camisas a cuadros de franela, por este orden, y nadie recordaba haberlo visto jamás de mal humor. Ángel era, sobre todo, un ferviente enamorado de Trevillés. Preocupado por un pueblo moribundo que se vaciaba sin remedio, se había negado a que más habitantes se marcharan por la falta de servicios mínimos y luchaba a brazo partido con las administraciones para mantenerlos. Había estudiado Farmacia, pero en cuanto el último dentista del pueblo cerró su consulta volvió a las aulas para diplomarse de nuevo. Farmacéutico, dentista, asistente del doctor Martín cuando este iba al pueblo a pasar visita los miércoles, y secretario de Rosa en el ayuntamiento, también se encargaba del mantenimiento de la iglesia, era experto en burocracias diversas y se turnaba con Jaume conduciendo hasta Vielha dos veces por semana con los encargos de los vecinos más ancianos que no podían resolverse en el pueblo. Como además de ejercer sus innumerables talentos y estudiar para poner en práctica otros nuevos tocaba el violín y fumaba en pipa como un Sherlock retirado, cuándo encontraba tiempo para dormir se había convertido en el mayor misterio de Trevillés.

—La nueva bibliotecaria —contestó Parvati mientras los hombres se hacían sitio a la mesa y daban el primer sorbo a sus vasos de vermut.

—Seguro que le hemos causado una gran impresión con nuestro árbol de Navidad en medio de la plaza el 28 de enero. —Su marido le guiñó un ojo.

Rosa, que siempre guardaba un supersticioso silencio sobre los misterios de su diminuto ayuntamiento, se dio por aludida.

—Enero es un mes gris, frío y complicado. El árbol de Navidad alegra la plaza y nos recuerda la calidez de las fiestas. Como no tenemos psicólogo en el pueblo, esto es lo que hay. Lo quitaremos en febrero.

—Para entonces se habrá ido.

—¿El árbol?

—La bibliotecaria nueva.

—Qué tontería. Bárbara dijo que abriría la biblioteca al público mientras estudiaba no sé qué vasijas enterradas en el patio trasero. Vosotros no habéis visto ese jardín, tendrá suerte si las encuentra antes de mayo.

—¿Es arqueóloga o bibliotecaria?

—Su abuela me contó que trabajaba en publicidad, pero que las ardillas Chip y Chop la arruinaron.

—Los de Disney han perdido el rumbo.

—¿Y qué tienen qué ver las vasijas y la biblioteca?

—No tengo ni idea. Por lo que parece, la chica estudió Historia, aunque se pasó a eso de la publicidad y la ruina de las ardillas. Quizá esté haciendo prácticas para recordar y dedicarse a lo que sea que hacen los historiadores.

—Desenterrar vasijas.

—El jueves volvemos a nuestra rutina y el viernes le pedimos que empiece el club de lectura. Pero que no se entere el Grinch.

—¿Quién no tiene que enterarse? —los interrumpió el único agente municipal de Trevillés, alias el Grinch, un hombre alto y delgado con cara de haber olvidado que alguna vez tuvo un buen día.

—Buenas tardes, Salvo —lo saludó educadamente Ángel.

El recién llegado ni se inmutó. Los fulminó a todos con su acerada mirada azul y la acabó posando en María.

—Si fueses tan amable de recordar que sigues al frente de un negocio y pudieras servirme, por favor, una cerveza fuera... —De alguna extraña manera, consiguió que su petición sonase como una oscura amenaza—. La tomaré en la terraza, no soporto el pestazo a mantequilla que tienes siempre aquí dentro. Me sube el colesterol solo con entrar. Elaboraré una lista con los libros que podríamos leer para el club de lectura.

—¿Cómo...? —se sorprendió Parvati.

—Si no queríais que me enterase de que vuelve a abrirse el club, no haber cotorreado en voz tan alta.

Se marchó sin despedirse y lo vieron instalarse en la terraza, bajo los soportales, con una silla y una mesa que él mismo había arrastrado desde el interior de la cafetería.

—Se va a helar ahí fuera. —Ángel rompió el silencio estupefacto de los cinco amigos.

—Se helaría si fuese humano.

—Miedo me da la lista de lecturas que estará preparando.

—Lo que da miedo es que no hay manera de librarse de él.

—Y lo poco que nos va a durar la nueva bibliotecaria en cuanto lo conozca.

4

En las películas estadounidenses, cuando el protagonista sale de la cárcel su chica o su mejor amigo están esperándolo a la puerta con el coche en marcha y algún comentario jocoso sobre su ausencia. Tras cinco meses, cinco días y tres horas como huésped forzoso del centro penitenciario de Can Brians, a Álex Soldevila solo lo esperaba su abogado con una maleta atestada de documentación que precisaba de su firma y la de algunos de los funcionarios del complejo. Había cumplido condena tras confesarse culpable en uno de los casos más sonados de sabotaje informático en el siglo XXI y, aunque tenía ganas de abandonar la cárcel, ignoraba con qué iba a encontrarse al otro lado de esos muros de cemento ahora que su modo de vida, su identidad de hacker y su activismo habían resultado comprometidos.

—Te has adelantado una semana —le dijo a su abogado en cuanto el papeleo estuvo listo y se quedaron a solas en una salita a la espera de que los acompañasen hasta la salida.

—Acordé con la fiscalía un trato para respetar tu derecho a la intimidad y aceleraron los trámites para que pudiese recogerte antes de que los medios de comunicación se enterasen de que salías. De todas formas, tenemos poco tiempo, recuerda que saben dónde vives.

A Álex no se le había olvidado la pequeña cuadrilla de periodistas a la puerta de su edificio, en los juzgados o incluso en Can Brians, cuando su caso salió a la luz y pasó a encabezar la Agenda Setting de los medios de toda Europa. Los hackers estaban de moda, y cada día no surgía un descerebrado que echase un pulso a Google. Intentó ocultar su rostro a las cámaras calándose una gorra, unas gafas de sol y una bufanda, pero su nombre y sus apellidos, junto con su alias, aparecieron en algunos rincones de la *deep web*. En prisión no había tenido acceso a la tecnología, condición que la jueza de su caso le había impuesto junto con un número inacabable de sesiones de terapia para adictos a las pantallas. Había seguido los consejos del psicólogo sobre leer y hacer más ejercicio y, aunque salía de la cárcel con el hábito de la lectura y mucho más en forma que cuando entró, seguía impaciente por consultar sus correos electrónicos.

—¿Puedes quedarte en casa de algún amigo durante unos meses? Por precaución —le preguntó el abogado cuando al fin dejaron atrás el espantoso complejo penitenciario y atravesaban el aparcamiento a buen paso.

—Quiero irme del país.

—De momento no puedes, ya lo hemos hablado. Las disposiciones no se alargarán mucho más, pero hasta dentro de, como mínimo, un par o tres de meses, debes seguir en el país por requerimiento legal de tu libertad condicional. La jueza siempre estuvo de acuerdo en acortar la condena si te sometías a las sesiones de terapia y todo...

—Me he desintoxicado. —Álex levantó las manos en señal de rendición—. Llevo meses sin asomarme a una pantalla.

—Y por eso estamos aquí fuera. —Se detuvo y señaló a lo lejos, hacia un Ford rojo del que salían dos personas—. Te dejo en buenas manos.

Álex miró hacia donde el abogado le indicaba y notó que se le encogía el estómago al reconocer a Marcelo, su mejor amigo, y a Blanca, la esposa de este. Había pensado que podría tomarse todo aquello con calma si lo relativizaba, si era capaz de contemplarlo con perspectiva y distancia, como si fuese algo que estuviese pasándole a otro. Pero le pasaba a él. Desde hacía casi un año, toda esa vorágine de disposiciones judiciales, medios de comunicación, aislamiento y terapia estaba sucediéndole a él.

—Ve. —Su abogado le estrechó la mano y asintió—. Pasaré a buscarte esta tarde. Creo que tengo una solución.

Echó a andar hasta el Ford rojo sin mirar atrás. Cuando

abrazó a su mejor amigo pensó que, después de todo, su salida de la cárcel tampoco había sido tan distinta de las del cine.

Un cielo oscuro, estrellado y con luna menguante, sobre una plaza amplia y desierta a medianoche, y las montañas nevadas al fondo. Un abeto enorme decorado con luces navideñas desafiando el calendario y el frío. Silencio sepulcral, antiguos postigos de gruesa madera barnizada y jirones de humo casi invisibles elevándose en la oscuridad desde sólidas chimeneas y tejados a dos aguas salpicados de nieve. Un lugar dormido y plácido en el frío invernal. Esa fue la primera impresión que Álex tuvo de Trevillés mientras cargaba con sus portátiles y sus demás efectos personales y cruzaba la plaza hacia las casas porticadas.

—Sin oficina de Correos, sin prensa ni emisora local, sin cura y sin más autoridad que dos funcionarios municipales —le había aclarado su abogado por el camino.

—¿Sin conexión a internet?

—Con una fantástica instalación de fibra óptica gracias a los planes estatales de conexión para la España vaciada.

—Es todo lo que necesito para organizarme y decidir qué camino tomar.

—Un camino muy alejado de cualquier delito informático.

—Solo *white hat* de ahora en adelante, prometido.

El letrado lo había recogido en casa de Blanca y Marcelo, lo había acompañado hasta su piso para que hiciese las maletas y lo había llevado en coche hasta ese pequeño y recóndito pueblo cercano a la frontera francesa. Los periodistas lo tendrían tan difícil para seguirle la pista hasta allí como a él le resultaría fácil irse del país en cuanto la jueza decretase el fin de la condicional.

—¿Voy a vivir en una biblioteca? —se sorprendió en cuanto entraron en la bonita casa de piedra y encendieron las luces.

—Tendrás todo el tiempo que quieras para leer *El conde de Montecristo*, *La milla verde*, *El prisionero de Zenda* y *Papillon*.

—Muy gracioso.

Localizó las clavijas de conexión y el router e hizo una lista mental de todo lo que necesitaría para instalar sus equipos. La planta baja era fabulosa, con todo aquel espacio, los libros y los altos techos de vigas de madera. Levantó algunas sábanas y descubrió un sólido escritorio y algunos butacones; perfectos para su rincón del retiro. El abogado, que repasaba la pequeña pila de cartas amontonadas en la mesa de la entrada, reparó en sus idas y venidas y lo reprendió.

—Deja eso para mañana y haz el favor de irte a dormir. Es más de medianoche y ahora eres un tipo sano con hábitos de sueño reformados. Echa un vistazo al dormitorio de la derecha y luego baja, que te explicaré una cosa importante.

—¿Puedo dejar aquí abajo los portátiles?

—Mejor en la caja fuerte de acero reforzado y doble cerradura inteligente de escaneo facial y huella dactilar. Justo al otro lado del sistema de sensores de alarma conectado con las oficinas del FBI en Quantico, Virginia.

Álex se lo quedó mirando, estupefacto, y el hombre movió la cabeza dándolo por perdido.

—¿Quién quieres que entre aquí a robar tus cachivaches?

Álex se encogió de hombros, cargó con una de las mochilas y se dirigió al piso superior. Pero apenas había dejado atrás el último escalón cuando la puerta de la izquierda se abrió de golpe y una chica con calcetines y un anorak azul marino tan largo que parecía un saco de dormir nórdico con capucha salió a su encuentro enarbolando un cepillo para el pelo. Allí plantada, con su larga melena castaña algo despeinada, los ojos grises rebosantes de tristeza y ese gesto de indecisión entre salir corriendo o atizarle fuerte en la cabeza, le pareció la persona más extraordinaria del universo.

—No des ni un paso más. —La chica del anorak lo amenazó con el cepillo—. ¿Cómo has entrado en mi casa? Voy a llamar a la policía.

—Puedo explicarlo. —Álex levantó las manos tras dejar la mochila en el suelo—. Es la casa de mi abogado. —No debería haber dicho esa palabra, la había asustado todavía más—. No es que sea un criminal ni nada de eso, al menos no del todo. Bueno, acabo de salir de la cárcel, pero no es por eso.

Oh, mierda, lo estoy arreglando. Baja el cepillo, por favor, esas cosas las carga el diablo.

—No tiene gracia. —Parecía más enfadada que asustada—. Esto es allanamiento de morada.

—Hablas como mi abogado.

—Pero ¿qué abogado?

—El dueño de esta casa. Me dijo que podía pasar aquí algunas semanas. Se le olvidó advertirme que tiene okupas.

—Oye, el único okupa que hay aquí eres tú. Y voy a echarte ahora mismo.

—¿Abril? —La voz del letrado, al pie de la escalera, salvó a Álex de un cepillazo—. Cariño, siento haberte despertado.

—¿Papá? Pero ¿qué...?

—Miguel Bravo, mi abogado —lo presentó Álex haciéndose a un lado para que la chica pudiese verlo con claridad—. Supongo —reflexionó para sí mismo cuando ella pasó por su lado sin hacerle ni caso y bajó los escalones para reunirse con el letrado— que tú eres la «cosa importante» que tenía que explicarme. Y que ya puedo bajar las manos.

5

Abril dormía durante catorce horas seguidas cada día y disfrutaba de un sueño pesado y profundo, desconectada de la realidad y los recuerdos, a salvo de cualquier temor. Era durante sus horas de vigilia cuando la asaltaban, una y otra vez, las escenas de vergüenza y desesperación de su desdicha: el estúpido orgullo que sintió cuando su jefa la dejó entregar la campaña finalizada al cliente, la euforia al salir a almorzar con todo el equipo para celebrarlo, el estómago encogido y el deseo de que se abriera el suelo bajo sus pies cuando vio que los abogados de la empresa y el mismísimo señor Fuchs la esperaban en la puerta del edificio corporativo con una caja de cartón que contenía todos sus efectos personales acumulados en diez años y un portafolio legal con su despido y las repercusiones futuras de su sabotaje.

Pensaba que la felicidad nunca era un todo absoluto, sino un compendio de instantes, y que por ese motivo debería resultar imposible ser ininterrumpidamente desgraciado. Sin embargo, era así como se sentía. Se torturaba una y otra vez recordando los peores y más vergonzosos momentos de su pasado mientras los mejores y más felices se le escapaban como agua entre los dedos y se le desdibujaban en la distancia por el desuso.

Repasaba minuto a minuto, de principio a fin, la comprensión de las dimensiones de su metedura de pata y la pérdida de cuanto había sido su mundo desde que terminó la universidad. Diez años y absolutamente nadie, ni un solo compañero de Ollivander & Fuchs, la había llamado después de aquel día. Mientras dormía, ninguna realidad la importunaba, no había culpa, ni vergüenza ni miedo, solo una confortadora ausencia de realidad. O, al menos, así había sido hasta que llegó a Trevillés y se instaló en la habitación de la planta superior de una fabulosa biblioteca con *La isla del tesoro* entre las manos. Había sido capaz de leer la mitad de la novela de un tirón, concentrada y sin terribles pensamientos, hasta quedarse dormida. Si bien hacía un frío polar y el silencio de la noche la asustaba un poco, comprobar que aquel lugar y los libros que albergaba podrían ser un refugio reconfortante le aligeró una pizca la pesada condena de culpabilidad y miedo que llevaba consigo. Al menos hasta que un tipo moreno con un corte de pelo a lo Tom Hardy y un larguísimo abrigo negro le había dado un susto de muerte.

—Papá, ¿qué haces aquí? —volvió a preguntar tras el abrazo de Miguel en la planta baja de la casa.

—Siento haberte asustado. Te llamé cuando veníamos de camino, pero, como de costumbre, tienes el móvil apagado.

Pese a la pulla de su padre, Abril pensó que estaba mejorando respecto a su teléfono; aunque lo desconectaba con frecuencia, todavía no se le había pasado por la cabeza enterrarlo bajo el acónito del jardín.

—¿Por qué no has prendido la chimenea? —se extrañó él—. Hace más frío dentro que fuera.

—Porque en mi vida he encendido una. No tengo ni idea de por dónde empezar.

—Eh —les llamó la atención el tipo del abrigo negro desde lo alto de la escalera—. ¿Os apetece un chocolate caliente? Blanca y Marcelo me han preparado una bolsa de supervivencia y aquí arriba hay una cocina.

—¿Lo ves? Chocolate. Es por los dementores —se quejó Abril a su padre—. Vienen pisándole los talones desde su fuga de Azkaban.

—¿Cómo sabes que acaba de salir de prisión?

—Es lo primero que me ha dicho cuando lo he amenazado con... con esto —dijo consternada al darse cuenta de que todavía seguía agarrada al cepillo de pelo.

—Sé amable, por favor —le pidió Miguel.

—Los padres normales se preocupan de que sus hijas no vivan con delincuentes.

—Yo no soy un padre normal. Álex, antes de preparar ese chocolate, sálvanos de morir congelados esta noche y ayúdame con las chimeneas, por favor. Encárgate de las dos de arriba, que yo me ocupo de esta. Encontrarás pilas de leña preparadas por toda la casa, pero si necesitas más creo que la leñera está en el jardín.

—Será mejor que no abras esa puerta, créeme —intervino Abril mientras retiraba las sábanas que cubrían los sofás junto al hogar y las doblaba—. A saber qué criaturas moran en esa selva por la noche.

Cuando al fin se instalaron frente al crepitante y alegre fuego de la planta baja con una taza de espeso chocolate caliente en las manos, oyeron cómo el campanario de Sant Bartomeu el Gran daba las dos de la madrugada. Abril y Miguel compartían un amplio sofá de terciopelo verde, y Álex, al que solo le faltaba un bigote decimonónico y fumar en pipa para parecer un misterioso heredero victoriano a punto de conceder audiencia desde el gran butacón de orejas en el que se había acomodado, descansaba los pies sobre un escabel a juego con su asiento.

—¿Te suena el caso Segursmart? —preguntó Miguel a su hija.

—Solo recuerdo que los pillaron vendiendo números de

la Seguridad Social de todos sus clientes a una mafia de tráfico de personas o algo así.

Aunque prefirió no dar explicaciones, en la época en la que saltó a los medios de comunicación occidentales el escándalo de la multinacional aseguradora Segursmart, Abril no tenía tiempo para leer las noticias. Su mundo era la oficina, donde pasaba los días y gran parte de las noches trabajando, machacándose espalda, cervicales y lumbares por su mala y continuada postura frente al ordenador, con breves descansos para comer e ir a clase de pilates para aliviar el dolor de espalda, cervicales y lumbares. La realidad informativa, o cualquier otro tipo de realidad, le resbalaba bastante. Una no llegaba a publicista sénior parándose a leer las noticias con el café de las mañanas.

—O algo así. —Álex la miró incrédulo con la taza a medio camino de los labios—. Fue el caso más sonado de espionaje informático de la historia.

—Modesto como Artemis Fowl.

—Yo lo denuncié.

—Claro, Nelson Mandela.

—Oye, chica del cepillo...

—Cada uno a su rincón —les advirtió Miguel—. Un poco de paciencia.

—Estoy cansado —claudicó Álex poniéndose en pie—. Me voy a dormir.

—Espera.

Su abogado lo acompañó hasta la escalera y le dio algunas instrucciones en voz tan baja que Abril no oyó nada. Se despidieron con un apretón de manos y Miguel volvió al sofá.

—¿Va a quedarse aquí conmigo? ¿En la casa de la abuela?

—La abuela está de acuerdo, y ni ella ni yo te dejaríamos con alguien que pudiera hacerte daño.

—Es un presidiario.

—Expresidiario. Ha cumplido su condena y no ha faltado a una sola sesión de terapia de las que la jueza del caso le prescribió, por lo que tiene el alta de su psicólogo. Tampoco estoy seguro de que se mereciera pasar ni un solo día en prisión. Si vivieses en el mundo real te sonaría el alias de Álex, Hunterhood, el único hacker del mundo que hace tres años alteró y modificó el algoritmo de Google para que durante veinte minutos y doce segundos todas las búsquedas de Europa y Estados Unidos arrojasen el mismo resultado: el rastro informático de las transacciones que demostraban que la omnipotente Segursmart no solo se financiaba con dinero sucio procedente del narcotráfico y de la trata de personas sino que colaboraba activamente en sus redes. Puede que a la larga los cuerpos de seguridad de algún país implicado en la investigación hubiesen conseguido resultados, pero ningún gobierno las tiene todas consigo cuando pisa empresas tan poderosas. Aunque se descubra el delito, esa información pocas veces llega hasta los ciudadanos, quienes nunca toman conciencia de que sus datos personales son objeto de compra y venta y que, a menudo, se utilizan para operaciones criminales.

—Explicado así, Álex parece el bueno de la película.

—A Google no se lo pareció.

—Pensaba que Google era inexpugnable. Aunque si Álex es tan bueno, ¿cómo es que lo pillaron?

—Tardaron dos años en dar con él, y tampoco estoy seguro de que lo consiguieran, en el sentido estricto. —Miguel dejó la taza vacía sobre el reposabrazos del sofá y bajó el tono de voz—. Álex se entregó cuando el cerco se cerró alrededor de Marcelo, su mejor amigo. Tras capas y capas de proxies, enmascaramientos y saltos de red, una de las direcciones IP apuntó al domicilio de Marcelo. Sospecho que los dos estuvieron involucrados en el ataque a Google, pero Álex asumió toda la culpa.

—¿Por qué?

—No intuí por qué hasta que pasaron unos meses desde que acepté representarlo legalmente, pero Álex nunca soltó prenda. Acudió a mi bufete porque otros colegas se lo habían recomendado por nuestra especialización en ciberseguridad, conseguimos la pena mínima de prisión y, *a posteriori*, la reduje a cinco meses por buen comportamiento, ausencia de peligrosidad y pruebas efectivas de su recuperación psicológica. Y hasta aquí hemos llegado.

El caso había tenido una repercusión mediática desmesurada, un hackeo al todopoderoso Google, y por eso Miguel había pedido permiso a la abuela para que Álex pasase allí unas semanas escondido de los medios de comunicación, hasta que se enfriase la noticia de su puesta en libertad. Carecía de familia cercana y su amigo vivía en el mismo edificio que él, por lo que si se quedaba con Marcelo y Blanca seguiría siendo presa fácil de los periodistas.

—Me ha dicho que quiere marcharse del país, pero pasará algún tiempo hasta que le levanten la disposición judicial, de manera que, mientras tanto, necesitaba un lugar tranquilo donde quedarse.

—Pero la abuela y tú sabíais que yo estaba aquí.

—La abuela dijo que la casa era lo suficientemente grande para los dos y yo me quedo más tranquilo si no estás sola.

—Mejor con un peligroso presidiario que sola.

—Conozco bastante bien a ese hombre y no supone ningún peligro.

—Díselo a Google.

—Ya sé que tienes veinte años...

—Treinta y tres —resopló Abril.

—... pero dudo de que estés cuidándote. No habías caldeado la casa, estabas durmiendo con el abrigo, apuesto lo que quieras a que tienes la nevera vacía y me atrevo a adivinar que no has comido nada caliente desde que llegaste. No estoy seguro de que lo que necesites ahora mismo sea quedarte aislada en este lugar apartado de todo y todos.

—Tengo el universo a mi alcance. —Sonrió señalando las

estanterías repletas de libros alrededor—. No hay mejor refugio que una biblioteca. Estaré bien, y no necesito a ningún niño perdido del que ocuparme.

—No te haces una idea —la corrigió Miguel— de la cantidad de ofertas de trabajo que tiene ese niño perdido en su bandeja de entrada ahora mismo. Solo está a la espera de que la jueza decrete el fin de la condicional para firmar el contrato que más le guste, salir del país y desaparecer hacia una vida mejor. Puede ocuparse de él mismo.

—Hizo algo ilegal a propósito y lo recompensan con la oportunidad laboral de su vida. Yo me equivoqué sin querer, sin ninguna intencionalidad de hacer daño, y me he quedado en la calle, sin nada de lo que tanto esfuerzo me costó conseguir y a la espera de que me demanden.

—Ha pagado su tropiezo, sabe encender las chimeneas y prepara un chocolate caliente bastante bueno. —Miguel se puso en pie, la cogió de la mano y tiró de ella para que lo acompañase—. Basta, Abril. Para de atormentarte. No puedes cambiar lo que ocurrió, pero sí que puedes perdonarte. Eres una mujer inteligente, sensata y competente, deshazte de esa enorme y pesada mochila de culpabilidad, encontrarás otro camino que te entusiasme.

—Ni siquiera recuerdo qué me entusiasmaba.

6

Durmió de un tirón su primera noche de libertad, reconfortado por la calidez del chocolate, la lumbre en la habitación y ese silencio casi sobrenatural que solo es posible lejos de la ciudad. El cansancio y el frío cortante pirenaico lo disuadieron de acurrucarse bajo el cielo estrellado con un par de mantas y una promesa de almohada. Habría sido capaz de plantarse debajo del árbol navideño con tal de recordarse que ningún techo volvería a aprisionarlo jamás en contra de su voluntad. Se levantó al amanecer, preparó el desayuno y esperó a que el agradable aroma del café recién hecho despertase a Miguel, que se había quedado a dormir en el sofá de la biblioteca.

—Esa bolsa de supervivencia de tus amigos es amor verdadero —le dijo a Álex cuando se sentaron a desayunar en la biblioteca para no despertar a la bella durmiente del piso de arriba.

—Marcelo y Blanca son un tesoro. El único que tengo.

—Álex...

Le pareció que el abogado titubeaba antes de continuar. Intuía que llevaba algunos meses esperando para hacerle esa pregunta, la que otro abogado que no fuese Miguel Bravo habría desechado por desinterés personal.

—Cuando la acusación presentó las pruebas de la dirección IP, supe que no era la tuya.

—Caso cerrado. —Lo detuvo antes de que pudiese formularla—. Todo está bien, siempre me sentiré en deuda contigo y te considero, si me lo permites, un amigo. Tu apoyo y tu dedicación han ido más allá de cualquier minuta, pero no me pidas explicaciones y no te mentiré.

—De acuerdo. —Miguel se rindió—. Estaremos en contacto. —Se puso el abrigo, cogió el maletín y se despidió de su cliente—. Me marcho. Tengo una cita en el bufete a mediodía, y antes necesito pasar por casa para ducharme y cambiarme de ropa. Despídeme de mi hija, por favor, y no le tengas en cuenta el mal humor de anoche. No está pasando por un buen momento.

—No consigo imaginar qué hace aquí, sola en medio de la nada.

—Me temo que lo mismo que tú; esconderse del mundo.

—El mundo, tarde o temprano, acaba por encontrarte.

El abogado le estrechó la mano antes de irse.

—Entonces, espero que Abril esté preparada cuando eso ocurra —concluyó.

Era la primera mañana de febrero, luminosa y perfecta, sin viento ni nubes, con un cielo celeste intenso que a Álex le recordó su piedra de la suerte, un fragmento de calcantita que guardaba en la funda de su portátil más antiguo. Todavía no había abierto ninguno de los tres ordenadores que había llevado consigo. Se moría de ganas de leer los correos electrónicos y averiguar qué se cocía en el mundo virtual, pero había recorrido un largo y arduo camino para desengancharse de las pantallas y quería incorporarlas de nuevo a su vida de manera controlada y profesional. Se repetía a sí mismo que no era una cuestión de cobardía sino de prudencia; viviría de la informática de nuevo, pero esta vez dentro de la legalidad —si algo había aprendido era que el sistema se cambiaba desde dentro— y sin obsesionarse con ese universo de ceros y unos que lo había empujado hasta el borde de la desesperación. Dominó el pensamiento de la calcantita que lo había llevado hasta su portátil y salió a correr.

Dejó atrás Trevillés por el norte, evitando cruzar la plaza, y enseguida dio con un sendero que se internaba en un bosque de robles y castaños. Los árboles crecían altos sobre un espeso lecho de hojas que presentaba una rica gama de dorados, granates y marrones tocados por los rayos solares que penetraban en los claros entre las copas. Aumentó el ritmo, sintiendo que el aire frío y puro limpiaba sus pulmones y su mente. Había olvidado cuánto echaba de menos la naturaleza, ni siquiera recordaba la última vez que había salido de la ciudad y le parecía haber desperdiciado gran parte de su vida con la cabeza inclinada sobre una pantalla, la vista cansada, la mente insomne por el exceso de cafeína y una sensación de irrealidad creciente. Puede que durante sus meses en prisión, con el ejercicio y la terapia, hubiese conseguido mudarse de Matrix a la vida real, pero todavía le quedaba la duda de si sería capaz de mantenerse alejado de esa puerta que seguía entornada a su espalda. Era uno de los mejores hackers en activo de Occidente, quedaba en sus manos decidir qué hacer con eso.

—«Un gran poder conlleva una gran responsabilidad» —murmuró mientras volvía a la biblioteca sin aminorar el trote con la promesa de una ducha.

Se sentía pletórico, lleno de energía, pero sereno y controlado. El aire limpio de aquel rincón del mundo le sentaba bien. Sabía que era un lugar de paso, una pausa antes de irse muy lejos y empezar una etapa nueva. Pero eso no le impedía disfrutar de los días sin reloj, sin presiones, improvisando junto a la chica del cepillo. El recuerdo de la hermosa bibliotecaria enfundada en su larguísimo anorak, con la melena alborotada y en calcetines le ponía una sonrisa en los labios cada vez que asomaba a sus pensamientos. Se preguntó por qué las personas más singulares terminaban escondidas del mundo sin que se les pasase por la cabeza ni por un instante lo increíbles que eran. Quizá si fuesen conscientes de la cantidad de luz que desprendían ya no serían tan extraordinarias.

Y allí estaba, de repente solo en aquel bosque desconocido, tan cerca de las montañas coronadas de blanco que parecía que pudiese tocarlas a la vuelta del sendero, con su reducido universo en el puño y esa concepción tan honorable del mundo que le inculcaron sus madres sobre prestar fuerza a quien la necesitase. Su familia se reducía a Marcelo y a Blanca, al bebé que acababa de nacerles, y al recuerdo de una pérdida doble: la de sus madres, que murieron en un accidente de tráfico cuando él tenía catorce años, y la de la madre de Marcelo, que lo acogió en su casa con un amor tan generoso que alcanzó de sobras para convertir en hermanos a los mejores amigos. Y aunque le avergonzaba no haber sido capaz de extender el mapa de sus afectos más allá de la simpatía y el deseo por otras personas, sabía que su amor por su familia era auténtico y verdadero, capaz de sobrevivir a cualquier ausencia. Quizá por eso la conexión con Miguel Bravo y Abril había sido instantánea, porque había reconocido el vínculo que los unía, el lazo de quienes aman sin condiciones ni reproches, de quienes no necesitan más que un gesto cotidiano para recordar que siguen ahí, ocurra lo que ocurra, para el otro.

Sintiéndose afortunado por compartir su refugio con la

chica del cepillo, tras ducharse y cambiarse de ropa dedicó el resto de la mañana a recorrer el pueblo, visitar la iglesia de Sant Bartomeu el Gran —que tenía poco de gran y mucho de ruina—, con su campanario románico, y comprar provisiones; lo primero y lo segundo no le llevó más que diez minutos, lo tercero se convirtió en la media hora más larga de su vida. El único supermercado que encontró fue el de la señora Lola, una mujer con un impresionante pelo rosa, gafas de culo de vaso y el don de hacerle perder la paciencia.

—¿Y tú de quién eres? —le había preguntado cuando pasó por caja con la cesta llena hasta los topes—. Deja que lo adivine. —Se rio acercándose todo lo posible a su cara desde el otro lado de una cinta transportadora con aspecto de no haber funcionado jamás—. Uy, no tengas miedo, que no muerdo. Me da que eres el nieto de la Agustina, el que se fue a los Madriles a perseguir opositores, ¿o estudió oposiciones para perseguir su sueño? Pues ahora no me acuerdo bien, aunque se te ve más emprendedor que opositor. A ver si vas a ser pariente del Daru, el pastor. Cómo lo echamos de menos... ¡No me digas que van a volver las ovejas! A esas sí que las echamos de menos, más que al Daru. Muy pálido te veo para ser familiar del pastor. ¿Dónde te has metido, muchacho? ¿Te quedarás mucho? Pregunto porque aquí se vive bien y te volverán pronto los colores, que no es porque sea una cotilla y quiera saber más de lo que me corresponde. Porque una cosa que siempre digo...

Consiguió salir del supermercado una eternidad después, con sus bolsas de papel reciclado, jaqueca y unas ganas locas de gritar.

—Que son recicladas de verdad —le había asegurado la mujer al entregarle la compra—, que aquí somos muy de la Greta. Otra cosa no tendremos...

—Piedad por los recién llegados, por ejemplo.

—... pero amor por el planeta nos sobra.

—Y ganas de hablar.

—Ah, eso cuando quieras, guapo. Te pasas por aquí y pegamos la hebra un ratito. Me cuentas cómo sale esa salsa de tomate que te llevas, que no la he probado. Para tomates los de la Francis, claro, pero como los de la cooperativa dijeron que no pasaban por aquí ni difuntos... Ni que fuesen la Santa Compaña, ya ves.

Decidió que prefería morir de hambre a volver a entrar en el infierno de la señora Lola y se apresuró a regresar a la biblioteca. Distribuyó sus compras entre la nevera y los armarios de la cocina y, en vistas de que su compañera seguía durmiendo, salió a tomarse una cerveza. Era la una y diez cuando entró en la cafetería de María, y las tres amigas se quedaron mirándolo boquiabiertas, con el vermut blanco olvidado a medio camino de un brindis.

—¿Qué te pongo? —reaccionó María cuando Rosa le dio un codazo para recordarle que era la dueña de la cafetería.

—Una cerveza, me la tomaré fuera.

—No es buena idea —saltó Parvati ignorando la mirada de advertencia de la alcaldesa—. El Grinch está a punto de llegar y suele sentarse en la terraza.

—¿Es peligroso? —Álex decidió que lo mejor sería seguirles la corriente, al menos hasta comprobar que la verborrea de la señora Lola no era un mal endémico de aquel pueblo.

—Es el único agente municipal de Trevillés a media jornada y un dolor de cabeza andante a jornada completa.

—¿Y está de mal humor por lo del árbol de Navidad que sigue en la plaza? —No recordaba si el Grinch aborrecía a la humanidad o la Navidad, pero pensó que no arriesgaba nada echando la culpa a la segunda.

—Está de mal humor siempre.

—Posee —explicó María dándose unos golpecitos en la sien con el dedo índice— una lista interminable de quejas que no duda en compartir con cualquiera que se le acerque. —Le puso una Moritz fresquita y unas aceitunas en la mesa contigua y Álex se sentó agradecido.

—El árbol no es por el Grinch, es por la depresión posvacacional —aclaró Rosa—. Aunque deberíamos recogerlo pronto. No quiero que las luces se estropeen con las heladas de la noche.

—No eres de por aquí.

Álex se fijó en la piel morena, los ojos negros, los rasgos exóticos y la larga melena oscura y lisa de la mujer que acababa de acusarlo de ser forastero. Disimuló una sonrisa.

—¡Parvati! —la riñeron sus amigas.

—¿Qué? No solemos recibir turistas en esta época del año.

—Ni en ninguna otra. —La alcaldesa suspiró.

—Me quedo en casa de unos amigos durante un tiempo. Justo aquí al lado.

—¿En la biblioteca? ¿Otro bibliotecario? —se animó María.

—Tanto tiempo sin ninguno y ahora tenemos dos. —A Parvati le brillaron los ojos—. Aunque espero que no al estilo de los bibliotecarios de Brandon Sanderson. —Sus amigas la miraron sin comprender—. *Alcatraz contra los bibliotecarios malvados* —les aclaró.

—No, no. —Se preguntó en qué berenjenal se había metido en el instante en que refugiarse en una casa de un pueblo remoto medio despoblado de los Pirineos le había parecido tan buena idea—. Yo soy más... eh... el que se encarga del sistema informático. Para los préstamos y eso.

—No vamos a poder pagarte —le advirtió Rosa, siempre pendiente del inexistente presupuesto de su alcaldía.

—Es más un voluntariado.

—Ya sé cómo expresarte nuestro agradecimiento. —La cara de Parvati se iluminó con esa sonrisa tan suya—. Te incluiremos en Las Tejedoras. Y a la bibliotecaria también.

Álex pensó que significara lo que significase eso no podía ser peor que volver al supermercado de la señora Lola.

7

—Hay dos clases de abogados —le dijo su abuela por teléfono cuando Abril se quejó de que su padre la había dejado en compañía de un exconvicto—: los que padecen de un exceso de alma y leen a Rosseau y los que piensan que «escrúpulos» es una marca de vodka ruso. Los primeros acaban convertidos en editores y de los segundos William Shakespeare decía que adornaban lo suyo colgados del puente de Londres. Tu padre se ha salvado de ambas taxonomías porque tiene vocación de detective y la absurda convicción de que todo el mundo es capaz de redimirse.

—Supongo que eso explica por qué se ha marchado esta mañana tan tranquilo después de dejar a su única hija conviviendo con uno de sus clientes culpables. Cree que unos meses de terapia y privación de libertad lo han convertido en un hombre honrado.

—Me pidió permiso antes de alojarlo en mi casa. No me pareció un asesino en serie.

—Esa es la cuestión, abuela, nunca lo parecen.

—¿Ya sabes de qué época son?

—¿Los asesinos en serie? De la época victoriana.

—Mis vasijas, querida, concéntrate. Ni que estuvieses leyendo a sir Arthur Conan Doyle. ¿Sabías que Scotland Yard recibía cartas de ciudadanos indignados que solicitaban que Sherlock Holmes resolviese los crímenes de Jack el Destripador?

—Estoy leyendo a Robert Louis Stevenson —dijo Abril pensando que la que perdía la concentración era su abuela—. *La isla del tesoro*. Pero todavía no he visto ni rastro de tus vasijas.

—Recuerdo que cuando eras pequeña pasabas las vacaciones de verano leyendo a Stevenson, a Verne, a Twain y a Dahl. Te encantaba *Guillermo* de Richmal Crompton, *Alfred Hitchcock y los tres investigadores*, mi colección de Enid Blyton y aquellas series sobre internados... ¿cómo se llamaban?

—*Torres de Malory* y *Las mellizas en Santa Clara*. Abuela, ¿por qué no pasábamos los veranos aquí? Esta biblioteca es fabulosa.

—Porque la casa solo tiene dos dormitorios y no demasiado grandes. Durante las vacaciones de verano cuidaba a todos tus primos, no habríamos estado cómodos. Además, sus padres, por un extraño sentido de la culpabilidad, preferían tenerlos cerca. Luego solo quedaste tú, la más pequeña. Nos encantaba la ciudad en verano, sobre todo en agosto. Nos parecía que la teníamos para nosotras solas. Íbamos al cine, visitábamos exposiciones, comíamos helados, paseábamos por el jardín botánico...

—Nos daba escalofríos el antiguo Museo de Ciencias Naturales —recordó Abril—, con aquellos suelos de madera decimonónica, los especímenes en frascos como un gabinete de curiosidades del siglo XIX, la penosa iluminación en aquel fabuloso edificio modernista.

—El castillo de los Tres Dragones —apuntó Bárbara—. Siempre pensé que habías escogido Historia por aquel museo. Te encantaba leer sobre la época en la que se inauguró como cafetería restaurante de la Exposición Universal de 1888.

Abril se había enamorado de esa Barcelona de finales del XIX que había aprovechado la oportunidad de la Exposición Universal para enlazar con suavidad y un toque de magia su herencia gótica con el recién surgido arte modernista que habría de convertirse en la seña de identidad de la ciudad. Todos aquellos arquitectos, artistas, científicos y pensadores como Lluís Domènech i Montaner, Antoni Gaudí, Eusebi Güell, Josep Llimona, Mossèn Cinto Verdaguer, Narcís Monturiol, el egiptólogo Eduard Toda... De pequeña quería ser egiptóloga, por eso acabó en la facultad de Historia y no por el castillo de los Tres Dragones, como suponía su abuela, pero se había perdido por el camino. Se preguntó en qué momento ganó el desencanto, la certeza de que en el siglo XXI Google Maps ya había cartografiado cualquier recóndito misterio del planeta borrando de un plumazo todo aquel romanticismo aventurero de los grandes exploradores de otros tiempos. Había querido ser egiptóloga para viajar y descubrir y trabajar al aire libre, y había terminado esclavizada en una oficina de cristal, acero y hormigón, bajo las horribles luces fluorescentes de un techo de pladur y el zumbido perenne del aire acondicionado en un presente inmisericorde sin raíces ni historia.

—¿Por qué no has datado todavía mis vasijas? —le preguntó Bárbara como si fuese capaz de leerle el pensamiento de su traición a la arqueología.

La agradable voz de su abuela la apartó de sus ensoñaciones y la hizo volver al presente.

—¿Cuánto tiempo hace que no vienes por aquí? Cualquier recuerdo que guardes de tu jardín no es más que eso, un recuerdo. Se ha convertido en una maraña gigante que se ha tragado todo lo que alguna vez fabricó IKEA.

—No hay ninguna prisa. —Abril percibió la sonrisa en las palabras de su abuela—. ¿Has empezado con la biblioteca?

—Un poco —mintió—. Abuela, ¿qué es eso del club de lectura de los viernes?

—¡Qué buenos recuerdos! Te encantará. Abre el baúl Saratoga, dentro encontrarás los ejemplares. Síguelos en el orden que prefieras, son todos magníficos. Tengo que dejarte, querida mía, me reclaman para la partida de canasta. Cuídate mucho y llámame en cuanto sepas algo de mis vasijas. Besitos.

—¿Abuela? ¿Qué es un baúl Saratoga? —Pero al otro lado de la línea ya no había nadie.

Se había despertado pasado el mediodía, con el sol entrando a raudales por el único ventanal de la habitación y el tenue aroma de los rescoldos en la lumbre extinta. Encogida, había esperado el embate de la pena, la culpa y la vergüenza que acompañaban su vuelta al mundo de los vivos, pero entonces había sonado el teléfono y su abuela la había distraído con su charla. Se levantó insegura, todavía temerosa de un golpe que llegaba con retraso. Sabía bien lo que era salir de la cama como si hubiese envejecido cincuenta años en una sola noche, con el alma dolorida y el cuerpo extraño. Abrió la ventana y dejó que el aire limpio se llevase cualquier rastro de sueño. Desde allí arriba, la selva jurásica que una vez fue un jardín todavía parecía más impresionante. Por primera vez en mucho tiempo pensó en lo que tenía para pasar el día —el silencio del lugar, la paz de aquella casa y la promesa de mil libros esperándola en la planta de abajo— y no le dieron ganas de volverse corriendo a la cama. Quizá el primer paso del perdón y del olvido estaba allí, al alcance de sus dedos.

Encontró un pequeño calefactor en el fondo del armario de la ropa blanca, lo instaló en el cuarto de baño y se dio una larga ducha de agua caliente. Le gustaba imaginar, mientras se enjabonaba el cabello, que limpiaba su aura, que el agua del aclarado arrastraba toda la tristeza y la pena junto con el champú y que todo el horror y los malos pensamientos desaparecían por el desagüe. No se consideraba una persona espiritual, pero la sensación de ligereza que sentía tras la ducha, el abrazo de la ropa limpia y el pelo brillante y sedoso después del secador la reconfortaban.

Terminó *La isla del tesoro* en algún momento de la tarde, cuando el ocaso temprano de principios de febrero pintaba de rosa y púrpura el horizonte más allá de las montañas y su estómago rugía de hambre. Apenas podía vislumbrar un pedazo de cielo desde la cama, pero sus ojos todavía viajaban por los mares de las Indias Occidentales a bordo de la Hispaniola. Stevenson había empezado a escribir la historia durante unas vacaciones familiares en las Highlands escocesas. Para entretener las frecuentes tardes de lluvia, su hijastro pintaba con su nueva caja de acuarelas. Un barco hundido, el mapa de una isla, una cruz roja marcando el lugar... A la mañana siguiente, Stevenson leyó en voz alta a su familia el capítulo de inicio de la historia de piratas que habría de convertirse en su primer éxito literario.

Se dirigía a la cocina con *La isla del tesoro* apretado contra el pecho como el salvavidas que había resultado ser, cuando se detuvo en el descansillo de la escalera sorprendida por el rumor de la charla a media voz y el olor a pan caliente y mantequilla. Repartidas por los confortables sillones y butacones de la biblioteca, un grupo de personas, sentadas frente a la chimenea encendida de la planta baja, tejían con lanas multicolores.

Como casi toda actividad inusual en aquel pueblecito medio deshabitado, el club de Las Tejedoras de los Jueves fue culpa de Parvati. En concreto, culpa del dolor en la boca del estómago que aseguraba sufrir cada vez que se sentaba sin nada que hacer y que achacaba a lo mucho que echaba de menos a sus hijos. Por eso ocupaba todo su tiempo con las pequeñas tareas que se le ocurrían, aunque, por más que lo intentaba, la vida ya no era aquel trajín sin pausas de criar a dos chicos inquietos. Le costaba calcular los ingredientes cuando cocinaba y, por un extraño hechizo creciente, cuanto más reducía las cantidades más porciones de comida llegaban a una mesa que ahora solo compartía con Jaume, su marido. Fue así como empezaron Las Tejedoras de los Jueves, una reunión social en la que se merendaban sobras y se hacía calceta. María aportaba la bollería a punto de echarse a perder de su cafetería, Parvati el resultado de la maldición de su cocina abundante, Ángel los restos de lana que las vecinas le dejaban en la farmacia porque no sabían qué uso darles y Rosa se encargaba del té.

Fue idea de esta última que se celebrase en la biblioteca, quizá para que su amiga sintiese que limpiar el polvo, ventilar y revisar periódicamente el tiro de las chimeneas de aquella casa abandonada a la espera del improbable regreso de su bibliotecaria servía para algo más que para ocupar su tiempo.

Cuando Abril bajó descalza, sus pasos amortiguados por los gruesos calcetines, Jaume y Rosa tejían sus respectivas bufandas larguísimas con los azules y plateados de Ravenclaw, Ángel dormía en la butaca decimonónica más cercana al fuego con un ovillo a medio deshacer en el regazo, y Parvati explicaba a María y a Álex la importancia del punto del revés que acababa de enseñarles.

—Como en la vida, a veces una tiene que volver sobre sus pasos para que el resultado sea perfecto. ¿Veis? Una pasada hacia delante y otra hacia atrás, y el dibujo va asomando.

—Agatha Christie decía que la vida era algo que solo iba hacia delante —intervino Rosa sin levantar la mirada del baile de sus agujas—. Un camino de un solo sentido.

—Agatha era una señora que, a diferencia del resto de los mortales, no se equivocaba. Por eso no necesitaba volver sobre sus pasos.

—Por eso asesinó a tanta gente —intervino Álex—. Aunque, al final, a sus asesinos siempre los pillaban.

—Eso es porque monsieur Poirot y miss Marple eran tan inteligentes como Agatha y porque la gracia de sus novelas de misterio radicaba en que, al final, siempre se hacía justicia.

—No como en la vida —intervino Abril descubriendo su presencia al pie de la escalera.

—Hola, querida, qué bien que te unas a Las Tejedoras de los Jueves. —Parvati se levantó con rapidez y antes de que Abril pudiese darse cuenta siquiera de qué estaba pasando, la sentó en su butaca y le puso entre las manos un par de agujas y un ovillo de lana suave de color lavanda. Le presentó a todos los integrantes del club con la naturalidad y el encanto de las personas acostumbradas a hacer amigos por donde pasan y le explicó qué hacían allí—. Tan *cozy* como las novelas de Agatha Christie.

—Lo único *cozy* por aquí es mi Earl Grey inglés. —Rosa tendió a la recién llegada una taza humeante y le puso en el regazo un platito con minisándwiches y las increíbles samosas de Parvati. El estómago de Abril volvió a rugir con fuerza, pero todos disimularon haberlo oído—. Me dejo medio sueldo en traerlo desde Fortnum & Mason.

—Qué manía con usar palabrejas como *cozy* o *feelgood* o *handmade* —se quejó María, que desenredaba una madeja verde esmeralda—. Podemos usar confortable, cálido, agradable, buenrollista o hecho a mano.

—Podemos —aceptó la alcaldesa—, pero como el académico de la lengua española no llega hasta mañana, no está de más impresionar a nuestra nueva bibliotecaria con el cosmopolitismo de pueblo que nos caracteriza.

Su nueva bibliotecaria parecía hallarse en el séptimo cielo

con la boca llena de samosa de verduras y una taza de Earl Grey calentito con una nube de leche entre las manos. De momento, las agujas y el ovillo se habían quedado en un lateral de la butaca. Parvati se acomodó en el sofá grande, junto a María, y retomó el ritmo de la calceta incapaz de contener una sonrisa.

—¿Te parece bien mañana a las seis para la primera reunión del club de lectura? —preguntó como quien no quiere la cosa—. ¿Qué libro vamos a leer?

—Es una sorpresa —dijo Abril entre bocado y bocado.

—No tienes ni idea, ¿verdad? —le susurró Álex desde el sillón continuo.

—¿Qué haces aquí? —le preguntó ella, también en un murmullo, tras propinarle un codazo por su pulla.

—Calceta.

—¿Qué soléis leer? —disimuló en voz alta para distraer la atención de los susurros que había estado intercambiando con el hacker entrometido.

—Rosa lee ensayo —explicó Parvati, que se sentía a sus anchas rodeada por sus personas preferidas—; María, novelas policiacas, y a mí me gustan los clásicos. Jaume y Ángel lo que les eches.

—A mí no me sobra el tiempo para leer desde que estoy jubilado —aclaró Jaume, y alzó su larga bufanda para que Abril pudiese admirarla—, pero desde que los chicos se han ido nos falta conversación en casa.

—Leemos el mismo libro —explicó su mujer—. Él por las noches y yo por las mañanas. El psicólogo nos dijo que acudiéramos a terapia de pareja porque habíamos perdido nuestra relación a fuerza de ser solo padres, pero hemos descubierto que comentar lo que leemos nos da mejor resultado que sentarnos en la consulta una vez al mes para hacernos reproches.

—La literatura como terapia —apuntó Rosa.

—Los libros son más baratos que las sesiones del psicólogo —dijo su amiga muy seria—. Y cuando los cierras dejan de hablarte.

—No como la señora Lola —murmuró Álex.

—¿Y tejer? —preguntó Abril.

—Para el cotilleo. —Parvati se echó a reír.

—Y para relajarnos —apuntó Álex señalando al durmiente con la cabeza.

—Ángel es el farmacéutico —explicó ella—, el dentista, el enfermero del doctor Martín los miércoles, el chófer los lunes y los jueves, el secretario de la alcaldesa y el mediador social del pueblo todos los días de la semana. Respetamos mucho su sentido de la comunidad.

—Y su descanso —apuntó María.

Parvati esperó a que Abril terminase de comer y apurase los restos de su Earl Grey para animarla a coger las agujas. El fuego crepitaba alegre, la suave iluminación de las lámparas de pie, enfocadas en las labores de las tejedoras, difuminaban la biblioteca en penumbra y la respiración acompasada de Ángel contribuía a la atmósfera de paz. Observó cómo la nueva bibliotecaria preparaba una hebra lavanda y movía las agujas, al principio con la torpeza de la falta de hábito para ir cogiendo velocidad a medida que sus dedos recordaban la cadencia de las tejedoras, y la contempló admirada. Con su larga melena castaña suelta sobre los hombros y el perfil pálido y delicado bajo la luz cruzada de la lámpara y el fuego, se le antojó una Penélope paciente tocada por los dedos de una serena tristeza. Parvati había estudiado la *Ilíada* y la *Odisea* en bachillerato, y le impresionó tanto esa maravillosa puerta a los mitos griegos que solía leer fragmentos a sus padres por las noches, después de la cena. Ajenos a aquella cultura tan distanciada de las montañas de Kanchenjunga, escuchaban a su hija admirados por el descubrimiento, pero también por el cariño que siempre profesaron a su primogénita.

—Mi abuela me enseñó a tejer —aclaró Abril cuando levantó la cabeza para encontrarse con la benevolente mirada de Parvati—. Aunque hacía años que no cogía unas agujas.

—¿Y qué vas a tejer?

—Un chal de lectura.

—¿Qué es eso? —preguntó Jaume.

—*Cozy*. —Su esposa le guiñó un ojo.

—En cierta ocasión conocí a un grupo de amigas mexicanas que quedaban una vez al mes para charlar —explicó Abril—. Vivían en distintas ciudades del planeta, así que su cita era virtual, a través de una pantalla. Me dijeron que les encantaba ese ratito de «echarse el chal». Cuando pregunté a qué se referían me explicaron que es una expresión que significa sentirse confortable, a gusto, envueltas por la calidez de su amistad y su conversación, de su agradable reencuentro.

—Como cuando lees una novela que se convierte en refugio —asintió Parvati.

—Voy a tejer un chal para abrigarme mientras leo.

—¿Cuánto tiempo piensas quedarte? —le preguntó Álex, probablemente abrumado por la cantidad de horas que necesitaría para terminar el chal cuando él llevaba toda la tarde con apenas un vacilante centímetro de bufanda.

—Depende.

—¿Del regreso de Ulises? —se le escapó a Parvati al hilo de sus pensamientos.

—De si llega una demanda judicial.

Puede que, al fin y al cabo, no hubiese errado tanto al compararla con Penélope. No porque restase a la espera del regreso de un hombre, sino porque el extraño hechizo que había dejado su vida en suspenso también parecía congelar en el tiempo todo a su alrededor. Al igual que la hija del rey Ícaro de Esparta, Abril tejía mientras esperaba la decisión de un destino que solo los dioses sabrían aciago o afortunado.

8

Las ascuas se extinguían y del otro lado de las ventanas principales todo era oscuridad y silencio. La biblioteca permanecía en la cálida penumbra de las lámparas de lectura, un poco menos fantasmal desde que Álex había retirado las sábanas que cubrían los muebles y ordenado los sofás tras la marcha de Las Tejedoras de los Jueves. El reloj de Sant Bartomeu el Gran tocó las once de la noche como un recordatorio de que las horas más difíciles estaban por llegar. La charla agradable a media voz para no despertar a Ángel, la buena comida y el aprendizaje con las agujas lo habían mantenido más o menos ocupado, lejos de aquel otro mundo de unos y ceros. Pero ahora la oscuridad de febrero había bajado desde las montañas tocando con sus dedos sombríos todo alrededor, incluso sus propósitos, tan firmes a la luz del día. La mirada se le iba hacia el escritorio bajo el que había abandonado los tres portátiles. Decidido, se puso el abrigo y las botas, guardados en el armario empotrado junto al perchero de la primera estantería, y se volvía hacia la puerta cuando descubrió a Abril encaramada a la escalera rodante a medio camino de la letra B. Con su larga melena suelta, los calcetines de rayas y el pijama del gato de Cheshire parecía haberla sorprendido a media caída por la madriguera del conejo blanco.

—He bajado a buscar un libro —dijo al tiempo que le enseñaba un ejemplar encuadernado en morado oscuro y con letras doradas.

Cuando sus pies tocaron el suelo y se acercó a él, pudo ver el título. Lo leyó en voz alta:

—*Cumbres borrascosas*, de Emily Brontë.

—Era una de mis novelas preferidas cuando leía.

—¿Por qué dejaste de leer?

—Me olvidé de vivir un poco más despacio. La lectura precisa de tranquilidad, de pisar el freno y dedicarse tiempo.

—La velocidad es embriagadora —asintió él—. Toda esa adrenalina y esa sensación de éxito mientras los demás se mueven como tortugas y tú probándote a ti mismo que eres capaz de acelerar un poco más, de llegar a todo, de ser el mejor, el más rápido, el más eficiente.

—La copy sénior más joven, la publicista con más cuentas exitosas, la candidata a socia más prometedora.

—Hasta que te la pegas.

—Exacto. Todo malabarista tiene un número limitado de pelotas que puede mantener en el aire a la vez sin que se le caiga ninguna.

—Por eso estás aquí.

—Estoy aquí para leer *Cumbres borrascosas* y datar unas dichosas vasijas.

—Mañana es el club de lectura, ¿ese es el libro que has escogido?

—No —dijo enigmática—. ¿Adónde vas?

—Salgo a recoger las luces navideñas del abeto gigante de la plaza. Rosa dijo que quería guardarlas pronto para que no se estropeasen con las heladas y que ya tenía preparada la escalera en la puerta del ayuntamiento. Voy a darle una sorpresa.

—Casi es medianoche.

—¿Tienes algo mejor que hacer? Sube a abrigarte, te espero. ¿Cuántas samosas te has comido? —preguntó cuando la vio dudar sobre su propuesta—. Tienes digestión para rato, no podrás dormir y el aire frío te sentará bien.

Tal vez porque su cerebro seguía reiniciándose tras el apagón del accidente que la había llevado hasta allí, Abril le hizo caso y volvió enfundada en aquel saco de dormir nórdico que llamaba anorak, con botas forradas y guantes. Salieron a la fría noche invernal, recogieron la alta escalera de tijera apoyada en la fachada del ayuntamiento y cruzaron la plaza hasta el árbol de marras, un abeto gigantesco iluminado con el alegre dorado de la decoración navideña. Álex desenchufó la regleta que conectaba las luces con el alumbrado público y subió a lo más alto de la escalera. Trabajaría a la luz mortecina de los pequeños focos a ras de suelo que, en ausencia de farolas clásicas, rodeaban la plaza Mayor. Cerca, un aullido rompió el silencio de las montañas.

—Sujeta bien ahí abajo, por favor —pidió a su compañera de incursiones nocturnas.

—¿Cuántas samosas te has comido tú? —se alarmó Abril cuando comprobó lo mucho que crujía la escalera cada vez que él se movía para ir enrollando las ristras de lucecitas.

—Un montón. Oye, ¿qué era eso de las vasijas?

—¿Has visto el jardín de la biblioteca?

—No sabía que tuviese jardín. Mañana le echo un vistazo.

A medida que iba recuperando las luces, las recogía formando un amplio lazo que enrollaba holgado sobre su hombro izquierdo.

—Pues no te olvides del salacot y el machete. Según mi abuela, en algún lugar de esa selva hay unas vasijas muy antiguas. Me pidió que las revisase por si tenían algún valor arqueológico porque se acordó de que soy licenciada en Historia. ¿Has oído eso? —añadió atenta a los aullidos que parecían cada vez más cercanos.

—¿Que eres licenciada en Historia?

—Los aullidos.

—Disculpa si en este momento no te parezco un fan de

David Attenborough; estoy un poco ocupado intentando no resbalar, enredarme con esto y acabar colgado como un adorno navideño.

—¿Álex? —La voz de Abril tenía una nota de pánico—. Los aullidos. Se acercan. Algo corre hacia aquí, y no creo que sea un unicornio.

Ni siquiera había tenido tiempo de contestarle para tranquilizarla cuando notó un movimiento brusco en la escalera seguido por el grito ahogado de la chica.

—¡Oh, mierda! ¡Es un lobo! ¡Un lobo gigante! ¡Y viene directo hacia nosotros!

—Pero ¿qué...? ¡Uoh! —Se agarró con las dos manos a los laterales de la escalera cuando la estructura de tijera cimbreó con los embates de Abril. Para ser una historiadora desterrada, trepaba a una velocidad admirable.

—¡Es un lobo! ¡Hay un lobo ahí abajo! —gritó presa del pánico—. ¿Saben subir escaleras?

Llegó hasta él en un instante y lo abrazó con fuerza por la cintura mientras Álex se esforzaba por equilibrar el peso y no precipitarse desde las alturas. Pasaron algunos segundos hasta que el balanceo cesó y el ingeniero recuperó, junto con el equilibrio, su sentido del humor.

—Tranquila —intentó serenarla mientras sofocaba una carcajada. Dejó el rollo de luces que ya había recogido colgado de uno de los ganchos laterales y echó una mirada abajo.

—¿Tranquila? ¿Qué parte de «hay un lobo enorme ahí abajo» no has entendido?

—Si tú estás aquí arriba, ¿quién sujeta la escalera? No te muevas, o nos caeremos y aplastaremos a ese pobre perro.

—Es un lobo.

—No quedan lobos en los Pirineos.

—Lo dices porque no has visto todo el acónito que tenemos en el jardín.

—Oye, chica del cepillo, tranquilízate y deja de moverte. Voy a bajar.

—Pensaba que lo peor que podía pasarme es que Ollivander & Fuchs me demandara, y ahora moriré trágicamente destripada por una manada de lobos.

—Quizá no deberías leer *Cumbres borrascosas*.

—Heathcliff habría matado a los lobos con las manos desnudas y le habría sobrado tiempo para convertirlos en un abrigo y un manguito a juego para Catherine, en lugar de estar ahí con una ristra de luces navideñas medio partido de risa.

—Jamás se me ocurriría convertirlos en un manguito, ni aunque supiese qué demonios es eso. Los lobos son una especie en peligro de extinción.

—Como los dragones, pero no por eso me apetece convertirme en su sustento.

—Abril, es un perro. Lo veo mover la cola, se alegra de vernos.

—Eso es porque tiene hambre. ¿No has leído *Colmillo blanco*?

Álex pensó que una de las ventajas de estar a punto de caerse desde una altura de cinco metros abrazado a una bibliotecaria es que ella sigue interesándose por tu bagaje lector.

—¿De qué tienes tanto miedo? —le preguntó con suavidad para distraerla.

—De los pterodáctilos gigantes y de la bestia salvaje que se dispone a comernos.

—Me refiero a cosas que existan.

—¿Como la declaración de impuestos y los enanitos de jardín?

—Más o menos.

—No sé por qué te parece tan gracioso.

—No podemos quedarnos aquí toda la noche, nos vamos a helar. —Aunque tenerla abrazada a sus lumbares empezaba a resultarle de lo más agradable—. Deja que baje, así, despacio, sube un escalón, y yo por aquí. —Se soltó con cuidado de sus brazos y la sobrepasó peldaño a peldaño, con cuidado de mantener el equilibrio. La escalera crujía y se balanceaba alarmantemente, pero prefirió moverse con rapidez a seguir tentando a la suerte de los equilibristas aficionados en los que acababan de convertirse—. Espera a que llegue al suelo y, cuando el lobo empiece a comerme, sal corriendo hasta la biblioteca sin mirar atrás y enciérrate.

—Qué épico por mi parte.

—Me queda poco. Casi... ¡Ya estoy abajo! Tranquilo, chico. Es un perrete muy simpático —informó al cabo de unos segundos—. No lleva correa. Parece un husky siberiano o algo parecido.

—¿Sabes qué animales no suelen llevar correa? Ah, sí, los pterodáctilos gigantes y los lobos.

—Me lo llevo. Le daré de comer y un poco de agua. Se habrá escapado de alguna casa. Cojea, y debe de tener hambre. Mañana preguntaremos si es de algún vecino.

—Ni se te ocurra meter esa bestia en la biblioteca.

—Dormirá en la cocina. Me han sobrado unos pocos macarrones con queso de este mediodía y podemos prescindir de una de las cincuenta mantas que tenemos en el armario del pasillo. ¿Qué, Wolfie, te apetece? ¿Te vienes a por unos macarrones? Buen chico.

—¿Macarrones con queso?

—Es lo único que sé cocinar.

—Oh, cielos, nos devorará mientras dormimos.

—¿Quién es un chico bueno? Vamos, Wolfie, ignora a la bibliotecaria de la escalera, no tiene ni idea de la exquisitez de mis macarrones.

—¿Le has puesto nombre? —le gritó desde las alturas—. Poner nombre al monstruo no lo hace menos peligroso. ¡Recuerda la Inquisición española!

Esperó a que las risas humanas y los alegres ladridos de la

bestia se alejaran, pero ni aun cuando estuvo segura de encontrarse a solas en la quietud de la noche fue capaz de mirar hacia abajo. Respiró hondo, se aseguró de que su corazón recuperaba algo parecido a las pulsaciones en reposo y descendió despacio los peldaños, deteniéndose cada vez que el bamboleo de aquella escalera infernal se le hacía insoportable. Solo cuando pisó de nuevo el suelo nevado de la plaza se concedió un momento para preguntarse qué demonios estaba haciendo allí, en medio de la nada a medianoche. Y le entró la risa.

Todo era tremendamente estúpido y sinsentido; ella, la escalera, su miedo y esa espera a que la espada de Damocles cayese al fin y la decapitara. Cualquier otra cosa sería mejor que esa maldita espera, incluso su versión de Caperucita Roja. Rio y rio sin freno, hasta que le dolieron las costillas y empezó a toser, hasta que los ojos se le llenaron de lágrimas y todo se volvió borroso. Entonces llegó un silencio extraño, sobrenatural, extendiéndose como un manto aterciopelado desde las montañas. Todo quedó en suspenso, quieto hasta el aire que momentos antes había mecido las ramas más altas del abeto. Abril levantó el rostro hasta el cielo nocturno, súbitamente desprovisto de estrellas y de luna, para recibir los primeros copos de nieve que habrían de cubrir el pueblo con una capa renovada de pureza blanca durante la noche.

El animal lo siguió tranquilo hasta la planta superior de la biblioteca donde Álex le ofreció un plato de macarrones, dos pechugas de pollo, un poco de arroz hervido algo pasado y un gran cuenco de agua. Mientras el perro daba buena cuenta del banquete buscó en los armarios del pasillo hasta encontrar una colcha deshilachada y una gruesa manta agujereada, e improvisó un rincón en la cocina. Le limpió el rasguño de la pata con yodo y se quedó con él hasta que cayó dormido, cosa que no tardó en suceder pues estaba agotado y se sabía a salvo. Resultaba admirable la confianza y la alegría con las que el animal había aceptado su ayuda. Las personas, claro, eran harina de otro costal. Todo ese ego, ese orgullo malentendido, las luchas de poder y la incapacidad de pedir ayuda aunque no quedase de ellas más que el flequillo a punto de desaparecer entre arenas movedizas.

Cuando Álex volvió a quedarse huérfano por segunda vez ya era adulto y tenía a Marcelo. Hasta entonces habían transitado caminos más o menos legales, pero su orfandad compartida y definitiva terminó con el último escollo que se interponía entre ellos y la aventura de la piratería. Se asociaron para buscar y explotar las vulnerabilidades de empresas de dudosa ética dispuestas a pagarles por recuperar la información que habían perdido y por subsanar los problemas de seguridad que ellos mismos habían evidenciado con su ataque. Era una forma fácil e ilegal de ganarse la vida, que Marcelo dejó atrás cuando conoció a Blanca y aceptó un trabajo de oficina para proteger los sistemas informáticos de personas como ellos. Aunque en ocasiones acompañaba a Álex en sus incursiones de Robin Hood virtuales, porque la aventura y el romanticismo todavía le resultaban irresistibles, se apartó del borde del precipicio en el que a menudo se convertía ese universo virtual infinito. Nunca juzgó a Álex por su decisión de seguir en el lado oscuro, ni siquiera cuando empezó a pasar demasiado tiempo en la *deep web*, días enteros sin salir a la calle, rodeado de pantallas, ajeno al mundo real, comiendo ensaladas de supermercado, barritas de cereales y bebiendo litros de cafeína para mantenerse despierto.

Él no había pedido ayuda, ninguna Blanca había llegado para salvarlo, ni siquiera fue consciente de que necesitase ser salvado hasta que terminó en prisión. Y ahora estaba allí, en Trevillés, libre de su adicción a las pantallas y con ganas de demostrarse a sí mismo que sabría sacar partido a una segunda oportunidad porque, como decía Alfred, el fiel mayordomo de Bruce Wayne, caemos «para aprender a levantarnos».

Encontró a Abril acostada boca arriba sobre la nieve, con los ojos cerrados y moviendo los brazos extendidos arriba y abajo para dibujar las alas del ángel que había olvidado que era. Recordó su abrazo a medio camino del cielo, sobre aquella escalera tambaleante, las nubecillas de sus alientos entremezclándose y la certeza de que en medio de aquella solitaria tierra fronteriza en un mar de montañas solo él había tenido el privilegio de sostenerla. Respiró hondo el gélido aire nocturno, apartó cualquier pensamiento de los espinosos caminos que había tomado y carraspeó para avisarla de que ya no estaba sola.

—Suerte que he vuelto, cinco minutos más y sales volando.

La ayudó a levantarse y le sacudió la nieve del grueso anorak como si no se hubiese dado cuenta de su súbita incomodidad. Quizá ella también estuviese pensando en su abrazo en las alturas o en la manera de decirle que prefería quedarse allí fuera, a la intemperie, sola, sin la ayuda de un maldito idiota entrometido para volverse a poner en pie.

—No sé si Wolfie dormirá de un tirón toda la noche, habrá que echarle un ojo. —Subió con agilidad hasta la mitad de la escalera, terminó de recoger las luces que quedaban y saltó al suelo con su botín—. Si me ayudas con esto, podemos dejarlo todo bajo el porche, junto a la puerta del ayuntamiento.

Recogieron los últimos restos navideños de Trevillés en un silencio compartido, temerosos de romper el hechizo de aquel invierno callado, el descanso de un pueblo que dormía al amparo de las montañas blancas y los valles azules. Contra el horizonte abrupto, los negros tejados de pizarra se adivinaban bajo la nieve y los largos hilos de humo de las chimeneas.

—Oye, chica del cepillo —Álex carraspeó cuando dejaron la escalera y las luces junto a la puerta del edificio consistorial y se detuvieron frente a la de la biblioteca para disfrutar de las serenas vistas de la plaza bajo la nieve—, no solo he vuelto por las luces —reconoció en voz baja con la mirada clavada en el abeto desnudo del otro lado—. He pensado que estaría bien llevarte de vuelta a casa. Ya sabes, por si apareciese un pterodáctilo gigante.

—¿Has vuelto para salvarme? —se sorprendió la chica del saco de dormir nórdico con capucha.

Bajo los techos porticados de la plaza, se volvieron el uno hacia el otro, conscientes de que tras compartir techo durante tres días aquella era la primera vez que de verdad se miraban a los ojos con la serenidad de quien por fin ha aceptado que no está solo en su retiro del mundo.

—Sé que no me has pedido ayuda —respondió él—, pero al final, por muy fuertes y capaces que seamos, nadie, absolutamente nadie, se salva solo.

9

Mis grandes sufrimientos en este mundo han sido los sufrimientos de Heathcliff, los he visto y sentido cada uno desde el principio. El gran pensamiento de mi vida es él. Si todo pereciera y él se salvara, yo seguiría existiendo, y si todo quedara y él desapareciera, el mundo me sería del todo extraño, no me parecería que soy parte de él. Mi amor por...

¡BRRRUM, BRRRUM! ¡BRRRUMMM!

El ruido infernal la devolvió con un sobresalto a su habitación propia desde los sombríos y desolados páramos de Yorkshire. Saltó de la cama con el corazón desbocado, no precisamente por la confesión de Catherine, y abrió la ventana con vistas al jardín. La selva salpicada de nieve se agitaba como un mar verde coronado de espuma en la tormenta.

Quizá no había sido del todo buena idea regresar a *Cumbres borrascosas*.

—¡Álex! —Le encantó el desahogo de gritar a pleno pulmón después de haber vivido tanto tiempo en voz baja y lo repitió—. ¡Álex!

Armado con una motosierra, guantes de trabajo y gafas protectoras, el ingeniero informático asomó la cabeza desde debajo de la copa de un castaño y la saludó con la mano que le quedaba libre. Desde arriba, parecía feliz a la manera de los podadores compulsivos de Versalles.

—¿Qué demonios estás haciendo? No me dejas leer.

—Son las cuatro de la tarde, no son horas de dormir.

—Estaba leyendo.

—¿Adónde ibas?

—A darte en la cabeza con el *Ulises* de Joyce. Si hicieras el favor de apagar esa máquina infernal, podríamos hablar como seres civilizados.

—Lo siento, no te oigo. Es por el ruido de la motosierra. Si no has comido todavía, te he guardado un plato de macarrones.

—¿Y el lobo?

—Sí, soy un poco bobo, pero los macarrones se me dan bien.

Abril dejó por imposible aquella conversación lamentable; al fin y al cabo, deambular por los tenebrosos páramos de Yorkshire le había abierto el apetito. Entró cautelosa en la cocina por si se encontraba con la bestia y, en vista de que no había ni rastro de ella, se sentó feliz en uno de los taburetes a dar buena cuenta de los macarrones. Recién duchada, con unos vaqueros azules y un esponjoso jersey de lana rosa bajó en busca del jardinero improvisado con los recuerdos de la noche anterior cosquilleándole agradablemente en el estómago lleno. Esos macarrones habían sido el primer plato caliente que había comido desde su llegada a Trevillés, y su abrazo en la escalera, aunque presa del pánico nocturno, del cansancio y la culpa, el primer contacto físico con un ser humano que no fuera de su familia. Bajaba camino del pedacito de jungla jurásica, acompañada por esos pensamientos, cuando la puerta principal se abrió y dejó entrar a Parvati aferrada a una tartera grande.

—Son galletas de avena con chocolate que he horneado esta mañana para el club de lectura —le dijo radiante tras darle las buenas tardes—. Las galletas van bien con cualquier novela, incluso con las policiacas, aunque una siempre teme que le envenenen el té cuando está leyendo esa clase de historias.

Abril aceptó la tartera y la colocó sobre la repisa de la chimenea apagada tras darle las gracias. Sospechaba que la visita de la mujer se debía a otro motivo distinto al de la excusa de unas galletas que bien podría haberle llevado unas horas más tarde, con el inicio de la primera sesión del club.

—Quizá pueda adivinar el título que nos tienes preparado —dijo como si además de ser una experta lectora también lo fuese en adivinar los pensamientos de la bibliotecaria—. ¡No será una novela romántica!

—¿Tienes prejuicios sobre la novela romántica? —Abril, que solía ser muy suspicaz con todos los que despreciaban algún género literario por considerarlo menor y que miraba con desconfianza a los eruditos barbados que confesaban sufrir ataques de ansiedad en las mesas de novedades si alguno de sus títulos olía a romance, la miró con el ceño fruncido.

—Lo que tengo es un hijo pequeño que acaba de llamarme por teléfono para decirme que va a suspender Química. Parece que le ha afectado mucho el *brief meeting* con su *crush*, pues después de tanto *hype* ha resultado que carecen de química.

—Me sorprende.

—¿La falta de química o el suspenso?

—Que entiendas a tu hijo cuando habla.

—El mayor es más sencillo. El curso pasado se enamoró locamente de su profesora de Estadística y sacó matrícula de honor para impresionarla.

—No sé, a mí la estadística no me parece en absoluto sencilla. ¿Qué estudian tus hijos?

—¡La manera de sacarme de quicio durante todo el curso académico! Pero luego vuelven a Trevillés en vacaciones y se me olvidan los malos ratos. Como cuando leo.

—Me temo que tendrás que esperar una hora más para saber de qué título se trata.

—Entonces, deberías devolverme las galletas, eran un soborno.

Cuando por fin se despidió de Parvati y se asomó a la selva desde la puerta de Narnia, guardándose de traspasar su umbral por muy gruesos y mullidos que fuesen sus calcetines de Batman, se sentía de un excelente humor. Apenas tuvo que gritar su nombre media docena de veces antes de que Álex apagase la motosierra y retrocediese para salirle al encuentro. Había desbrozado buena parte del jardín y, pese al frío de la tarde y a que no llevaba más abrigo que una camiseta de algodón negra de manga larga y unos pantalones cargo, parecía sudoroso. Los arbustos de boj se habían reducido a la mitad y casi parecían civilizados entre los rosales silvestres y los groselleros, todavía salvajes. El acónito crecía disciplinado a los pies de uno de los castaños y ya no quedaban zarzas que estrangulasen unas pobres florecillas azules medio enterradas entre la nieve que Álex no había despejado.

—Has estado ocupado —reconoció Abril con admiración.

—De momento, ni rastro de tus vasijas. Aunque he rescatado una mesa y dos sillas que no estarán nada mal tras una buena capa de pintura. En cuanto llegue el buen tiempo, será agradable comer aquí fuera.

—¿Y las hormigas? ¿Es que no has visto *Cuando ruge la marabunta*? —Había añadido la segunda pregunta al ver que Álex se encogía de hombros con la primera—. Hablando de bestias peligrosas de la naturaleza, ¿dónde está el hermano de Mowgli?

—Esta mañana salimos a correr juntos y de vuelta pasé por la farmacia de Ángel, que me aseguró que Wolfie no pertenecía a ningún vecino del pueblo. Le hizo un reconocimiento rápido y le encontró una garrapata además del rasguño en la pata izquierda delantera, así que llamó a Jaume para que lo llevase al veterinario en Vielha y me prestase su motosierra. Hace un rato se ha pasado por aquí para decirme que se lo han quedado en observación por las curas de la herida, la desparasitación, las vacunas y por si averiguan algo sobre el dueño. Aunque pinta mal; no tiene chip.

—Lo han abandonado o se ha perdido.

Se le encogió el corazón. Nunca había tenido animales ni plantas en casa, convencida de que requerían un compromiso y una responsabilidad que ella apenas aceptaba consigo misma. Si no era capaz de alimentarse ni hidratarse a intervalos más o menos regulares, temía la supervivencia de cualquier ser vivo bajo su tutela. Sin embargo, la deslealtad, esa crueldad del abandono, le resultaba incomprensible, propio de infraseres.

—Buenas tardes, vecinos —los interrumpió Rosa alineándose junto a Abril en el umbral de Narnia y tendiéndole una caja verde pastel de ribetes violetas con el logotipo de Fortnum & Mason—. Me paso a daros las gracias oficialmente por la retirada de las luces navideñas. En mi nombre y en el de Trevillés, aceptad este detalle. Es Earl Grey. —Guiñó un ojo a Abril—. Quedará estupendo con la lectura de esta tarde. ¿Ya has decidido el título?

—No —dijo Álex.

—Sí —lo corrigió la bibliotecaria—. Lo sabrás en una hora, junto con el resto de tus compañeros de lectura.

—Eres muy inflexible.

—Le viene de familia —apuntó el jardinero aficionado.

—¿A qué se dedica tu familia?

—Mi madre se fugó con un actor teatral cuando yo era muy pequeña y mi padre es abogado.

—Oh, lo siento.

—No es esa clase de abogado.

—Me refería a lo de tu madre.

Con la solemnidad de quien acepta el pésame por una pérdida tan remota que casi le resulta indiferente, Abril acompañó a la alcaldesa hasta la puerta, le aseguró que infusionaría su Earl Grey de Fortnum en la merienda del club y se apresuró a cerrar tras ella, antes de que apareciese otro vecino del pueblo falto de paciencia. Tal vez había llegado el momento de abrir el gran baúl Saratoga donde su abuela le había asegurado que encontraría lo necesario para poner en marcha el club de lectura.

Pese a que el día seguía nublado y presagiaba nieve, la luz de la tarde dulcificaba la atmósfera de la biblioteca. Todo era quietud y magia en aquel lugar de libros sin fin, excepto por el maldito ficus artificial que la miraba de reojo. Quienes habían pasado por allí en aquellos pocos días habían ido despojando los muebles de sus fundas y moviéndolos según su comodidad, y ahora la casa parecía habitada por una gran familia a punto de regresar tras un largo día de trabajo. El Saratoga resultó ser un enorme cajón de madera oscura, con correas de cuero viejo y remates metálicos, que bien podría haberse caído de la Hispaniola y que Abril reconoció porque, para su suerte, parecía el único mueble susceptible de contener la cantidad de libros que su abuela le había prometido. Se arrodilló junto al baúl, giró la fría llave de hierro en su cerradura y abrió el cofre del tesoro. Repasó inquieta los títulos, preocupada por su dificultad o extrañeza pues, al fin y al cabo, ella no era más que una historiadora desmemoriada, una publicista condenada, una lectora deshabituada que, de repente, por una floritura de la varita del destino, se había visto convertida en bibliotecaria novata. Dedicó una disculpa silenciosa a las bibliotecarias diplomadas del mundo por su propio descaro y recordó todas las veces que se había indignado cuando algún iluminado que jamás había pisado la facultad de Historia le discutía sobre templarios, pirámides o la Segunda Guerra Mundial.

—¿Cómo voy a gestionar una biblioteca y un club de lectura? —había preguntado a su abuela cuando le insistió en sus limitaciones literarias—. Que me apasione leer no me capacita para ser bibliotecaria.

—Solías ser inteligente —le señaló Bárbara con ese brillo burlón en sus ojos grises que Abril esperaba heredar algún día—. Piensa un poco. Llévalos a un terreno en el que te sientas cómoda.

Escogió *Drácula*, de Bram Stoker, una edición en rústica de Penguin Clásicos de la que había seis ejemplares, y volvió a cerrar el baúl con llave un poco abrumada; prefería no pensarlo demasiado. Su punto de partida sería una breve introducción a la época victoriana y después les hablaría sobre las novelas de vampiros. La obra de Stoker no había sido la primera historia protagonizada por un vampiro tal como se conocían en la época contemporánea, pero sí que había sido el primero en relacionar la figura histórica de Vlad Drakul el Empalador, príncipe de Valaquia, con el vampiro más famoso de la cultura occidental. Después de tantos años, su amor por la Historia seguía siendo terreno seguro, incluso con un grupo de lectores ávidos pisándole los talones.

Hojeó uno de los ejemplares, dejó el resto sobre el brazo del sillón más cercano y leyó algunos pasajes al azar. Se había detenido a principios del capítulo II, cuando Jonathan Harker llega al castillo y se encuentra por vez primera con su anfitrión («Bienvenido a mi casa. Entre libremente. Marche sano y salvo... ¡y deje algo de la felicidad que trae consigo!») cuando la puerta de su propio castillo atronó con un par de golpes briosos.

El umbral se ensombreció con la lúgubre presencia de un

hombre alto, fibroso, de pelo castaño y ojos inclementes como el acero de Excalibur. No parecía que fuese capaz de dejar algo de la felicidad que traía consigo porque no solo se había olvidado de traer una pizca consigo, sino que Abril dudaba de que alguna vez hubiese oído hablar de ella. En cambio, llevaba un peto de policía local.

—Álex, es para ti.

Hacía varios minutos que la motosierra se había callado y el jardinero improvisado, despojado de sus protecciones, llevaba un tiempo forcejeando con las botas embarradas junto a la puerta de Narnia para no entrar con ellas puestas y ensuciar el increíble suelo de madera flotante de la biblioteca. Se acercó descalzo a recibir al visitante misterioso y se le escapó un bufido cuando entendió que Abril estaba tomándole el pelo.

—¿Quién de vosotras dos es la bibliotecaria? —preguntó el visitante, demostrando que podría fruncir el ceño todavía más.

Abril y Álex se señalaron el uno al otro. El hombre rebuscó en sus bolsillos, lo que restó cierta solemnidad a su pausa dramática, y les tendió un trozo de papel algo arrugado.

—«Huevos, lechuga, tomates, pan integral» —leyó Álex.

—Esta no es. —El recién llegado se enfadó. Tras recuperar su nota, buscó un poco más en sus bolsillos y esta vez se aseguró de que era el papel correcto antes de dárselo a Abril—. Es la lista de títulos que deberíamos leer en el club.

La bibliotecaria, cuya confusión había ido en aumento a medida que comprendía el alcance de esa lista, se encogió de hombros.

—Tenemos estos libros en nuestras estanterías —dijo al fin—, pero no forman parte de la selección para el club de lectura.

—¿Por qué no?

—¿Sabe de qué van? —se extrañó ella intentando descifrar el brillo acerado en los ojos azules de su interlocutor.

—Ah, es una de esas esnobs que piensa que solo los dramas desgarradores del romanticismo ruso son buena literatura.

Abril, que aunque no era rusa todavía no estaba demasiado segura de que su propia vida no fuese un drama desgarrador, se sintió tentada de confesarle que ni siquiera estaba licenciada en Literatura.

—Su lista de propuestas es estupenda —decidió contemporizar—, pero es demasiado larga y, de momento, preferiría no dedicar el club a una sola autora. Quizá podría proponerlo para un especial. En vacaciones —aventuró.

Los esfuerzos del hombre por contener su mal humor se traducían en un ceño de muchos pliegues y un tic nervioso que empezó a sacudirle el ojo izquierdo. Intentó suavizar su expresión y lo consiguió a medias; ahora solo parecía un velociraptor que estuviese sufriendo mucho.

—¿La biblioteca está abierta? —preguntó.

Habría sido bonito, como una coreografía bien ensayada, que además de contestar al unísono Abril y Álex lo hubiesen hecho con el mismo monosílabo.

—Sí.

—No.

—¿Quiere llevarse algún libro? —se apresuró a añadir Abril.

—Todos los de esta lista.

—Pero es que todavía no he instalado ni configurado el sistema de préstamos y no tengo los carnets —se quejó Álex.

—Diga a su compañera —gruñó el velociraptor con chaleco de policía local— que he pedido libros, no un carnet.

Abril se acercó a la placa dorada de la letra P y localizó con rapidez los dieciséis volúmenes de la lista. Se los fue pasando a Álex para que este los llevara hasta el escritorio.

—¿Por qué cree que soy una bibliotecaria? —le susurró el informático.

—Porque estamos en una biblioteca.

—Me refería a que suelo afeitarme por las mañanas y eso.

—¿Necesita una bolsa para llevárselos? —Como no tenía ni una sola bolsa, elevó una plegaria al Olimpo para que su pregunta fuese tan ignorada como el resto de las observaciones de la otra bibliotecaria.

Por suerte, el hombre agarró bien fuerte toda la pila con ambas manos, hasta que los nudillos se le pusieron blancos, se la apoyó contra el cuerpo, esbozó la menos adorable de las sonrisas y se largó sin siquiera despedirse. Abril tardó algunos segundos en recuperarse de la visita del rencor.

—¿De qué capítulo de *Lo que hacemos en las sombras* se habrá escapado?

—Me parece que es el Grinch —cayó en la cuenta Álex.

—Pero el Grinch odia la Navidad, no a las bibliotecarias.

—Dice Parvati que odia a la humanidad.

—Eso sigue excluyendo a las bibliotecarias.

Abril miró el hueco terrible en la letra P que había dejado el Grinch y se preguntó por qué aquel sociópata sería un fanático de Rosamunde Pilcher.

Se acercó a la ventana, contempló un ratito el paisaje nevado del otro lado del cristal y volvió a repetirse por millonésima vez que algún día miraría atrás, hacia esos días escondida en la biblioteca de Trevillés, y se reiría con cariño de sus miedos de entonces, de su melancolía, de su tristeza y su cansancio. Su padre le recordaba que el fénix más esplendoroso resurgía de sus propias cenizas, pero ella consideraba su vida como un jarrón hecho añicos al que siempre se le verían las junturas y el pegamento, aun en el caso de que consiguiera recomponerlo con más o menos acierto.

Apartando los animales mitológicos, las cenizas, los jarrones rotos y las metáforas de su pensamiento, volvió a acomodarse en el sofá, con las terrenales galletas de avena y chocolate a su alcance, y retomó la lectura de *Drácula*, esta vez desde el principio. Su compañero de desdichas invernales, que había desaparecido escalera arriba con la promesa de volver con un té recién hecho, cumplió su cometido y le tendió una taza humeante. Se quedó de pie frente a ella, apoyado contra la pared de piedra, con la luz gélida de aquel atardecer que auguraba nieve enmarcándolo desde la ventana y la bendición de un silencio que no sabía que había echado tanto de menos hasta que salió de la ciudad.

—Abril —la llamó inseguro. Había dejado su taza sobre el escritorio y le costaba apartar los ojos de allí, como si temiera que a la porcelana roja lacada le saliesen patas y pudiera huir en cualquier momento—. Necesito pedirte un favor.

Se preguntó por qué alguien con el arrojo y la valentía de apuntarse a un club de punto y a otro de lectura, rescatar a un lobo, recoger los adornos navideños de la alcaldesa de madrugada, cocinar cinco toneladas de macarrones con queso y vérselas con una selva jurásica en miniatura de repente parecía tan tímido.

—Quiero conectarme a internet. Marcelo y Blanca acaban de ser padres y en cinco minutos tenemos una videoconferencia.

—Felicidades. —Abril le sonrió dejando la novela de Stoker a un lado—. ¿Niño o niña?

—Niña.

—¿Por qué me necesitas? Ni siquiera sé cuál es la contraseña del wifi.

—EnanitosdeJardín123.

—¡No!

—Es broma, jamás usaría 123 en una contraseña. Necesito que controles que no paso más de una hora trasteando con el portátil.

—¿Como la madre de un adolescente? —Se preguntó si Parvati también echaría de menos esos tira y afloja con sus hijos, las pequeñas discusiones de cada día, las batallas con las horas de internet, con la ropa sucia, con la puntualidad para no perder el autobús escolar. Recordó el brillo en sus ojos oscuros cuando hablaba de ellos y sintió nostalgia por algo que había perdido mucho tiempo atrás; la pasión y el anhelo.

Ajeno a los derroteros del pensamiento de la bibliotecaria, Álex se sentó junto a ella en el sofá, fijó la mirada en la chimenea y le explicó, conciso, lo mucho que le había ayudado la terapia y el temor de volver demasiado rápido a su vida anterior.

—Mi padre dijo que tenías un montón de ofertas de trabajo esperándote en la bandeja de entrada y que aceptarías una, fuera del país, en cuanto se decretase el levantamiento de tu disposición judicial.

—Es cuestión de tiempo —asintió atreviéndose a encontrarse con sus ojos grises—. Sé que voy a dedicarme a la seguridad informática, es lo único que se me da bien. Pero quiero mantener el equilibrio, no volver a perderme en la internet oscura durante veinte horas seguidas al día.

—¿Te arrepientes de lo que hiciste?

—Volvería a denunciar mil veces los delitos informáticos de Segursmart y sus secuaces destapándolos a la luz pública sin censura, aunque me obligase a cometer una ilegalidad.

—El mal menor.

Álex asintió y se puso en pie.

—Mientras esté aquí me lo tomaré con calma. Además, tiene cierta emoción no saber todavía adónde iré. La aventura me espera.

—De acuerdo, Neo, me voy arriba para darte intimidad y bajaré en treinta minutos para que cierres la sesión.

—¿Te acordarás? —dijo señalando el libro que Abril llevaba consigo camino de la escalera—. Cuando lees te olvidas de que todavía perteneces al mundo de los vivos.

—Me pondré una alarma en el móvil.

—¿Ese que tienes ahí tirado sin batería?

—Lo cargaré.

—Oye, chica del cepillo, ¿adónde irás tú cuando nuestro retiro del mundanal ruido termine?

—No pienso irme a ningún sitio. Tengo algunos ahorros, trabajar dieciocho horas al día te deja poco tiempo para gastar el dinero que ganas. Puedo quedarme en Trevillés hasta el fin de los tiempos. O hasta que encuentre esas vasijas misteriosas y resulten ser tan valiosas que me conviertan en multimillonaria en una subasta de Sotheby's.

—Irás a medias con tu jardinero, por supuesto.

—Por supuesto. Siempre que no sea devorado por la selva jurásica.

Al otro lado de la ventana, la oscuridad ponía el telón de fondo para los copos que habían empezado a caer con suavidad. Alrededor de la chimenea encendida, tres lámparas de pie iluminaban el rincón y dejaban en agradable penumbra el resto de la biblioteca. Junto a la puerta, una colección de recias y abrigadas botas de diferentes tamaños y colores se alineaba sobre la alfombra deshilachada que Álex había encontrado en un armario y que había puesto allí a efectos de proteger el magnífico entarimado de madera del suelo. Los asistentes más previsores de la primera sesión del club de lectura lucían en sus pies cálidas zapatillas, el resto se quedó en calcetines. El perchero rebosaba de abrigos, bufandas y gorros; la mesa baja junto a la lumbre, de galletas, bizcocho de limón y siete tazas desparejadas de té, café o chocolate. Olía a caramelo y a vainilla, a madera, a refugio. Podría haber sido el paraíso.

—¿Vamos a leer una novela de vampiros?

—¿Se les ve la purpurina cuando se ponen bajo el sol?

—¿Por qué es una novela epistolar?

—No sabía que los vampiros mantuviesen una correspondencia tan abundante, ¡esto tiene quinientas treinta y seis páginas!

—También hay fragmentos de noticias y entradas de diarios personales.

—A mí me da miedo.

—¿Drácula?

—No, que sea una novela victoriana epistolar de quinientas treinta y seis páginas.

—Me huelo que habrá mucha sangre y tiroteos.

—Epistolar no tiene nada que ver con pistolas.

—Lo del tiroteo es por las balas de plata.

—Eso es para matar hombres lobo.

—A Drácula tienes que clavarle una estaca en el corazón, llenarle la boca de ajos y luego decapitarlo.

—Qué barbaridad. Con lo caros que van los ajos.

—Mucho más barata la plata, dónde va a parar.

Tal como su abuela le había enseñado, una situación descontrolada precisaba de medidas extremas. Abril se acercó los dedos a los labios y lanzó un potente y prolongado silbido que los dejó a todos en silencio y boquiabiertos. Las tres amigas ocupaban el sofá más grande con un ejemplar de *Drácula* cada una, Ángel se había pertrechado en su sofá reclinable con reposapiés y hojeaba el suyo, Jaume participaba en la conversación general sentado en una de las tres butacas granates del extremo más cercano a la escalera, entre el Grinch, que no salía de su asombro por la excéntrica elección de la bibliotecaria, y Álex, que se esforzaba, con más o menos éxito, en no estallar en carcajadas por lo insólito de la reunión literaria.

—Bram Stoker publicó *Drácula* por vez primera en 1897 —empezó la bibliotecaria—. La figura del vampiro no era, ni mucho menos, nueva en la literatura. Los textos griegos y romanos que nos han llegado fueron obra de intelectuales, de hombres de buena posición social que despreciaban las historias populares de terror sobre monstruos, por eso no tenemos historias de vampiros de época tan tardía. Aunque sabemos, por referencias burlonas de esos patricios, que alrededor de un buen fuego, como este, la gente sencilla se explicaba cuentos de vampiros, de licántropos, de arpías y gorgonas, de brujas y fantasmas. La figura del vampiro contemporáneo, tal como la conocemos hoy en día, ese Nosferatu seductor y poderoso, también fue llevada al papel antes de que el señor Stoker nos presentase a su Drácula.

»En 1816, el año sin verano, mientras Mary Shelley escribía *Frankenstein* en villa Diodati, a orillas del lago Lemán, John William Polidori, el joven médico que acompañaba a Lord Byron, escribió *El vampiro*, la historia de un misterioso y atractivo desconocido, carismático, hipnótico, que llega a Londres y subyuga a la alta sociedad. Polidori publicó su novela breve en 1819. También a lo largo de los años 1845, 1846 y 1847, por entregas, en el formato de los *penny dreadful*, los lectores ingleses disfrutaron de las aventuras de *Varney el vampiro*. Y en 1872, Sheridan Le Fanu publicó *Carmilla*, un cuento de terror protagonizado por una bella vampiresa. Sin embargo, Bram Stoker sí que fue el primero en identificar la figura histórica de Vlad Tepes con el príncipe de todos los vampiros.

Abril les explicó la situación geopolítica de la frontera europea con el Imperio otomano de la primera mitad del siglo XV y el gobierno transilvano de Valaquia de Tepes, sin olvidarse de describir pormenorizadamente los empalamientos y la política de terror que dio pie a la leyenda del monstruo. En la biblioteca no se oía más que su voz de historiadora vuelta del destierro y el alegre chisporroteo del fuego. Esa era la magia, antigua como el tiempo, de un grupo de personas reunidas alrededor de un hogar pendientes de una buena historia. La magia de la literatura.

—La novela —continuó— tiene un marcado estilo periodístico y recoge algunos de los avances científicos y tecnológicos del periodo victoriano. Fonógrafos, primeras transfusiones de sangre, máquinas de escribir portátiles, telegramas, taquigrafía, estudios sobre el cerebro y la conducta... La sociedad victoriana tenía en común con la nuestra esa rapidez en el cambio y la innovación. Aunque una de las cosas que más me impactó cuando la leí por primera vez fue que, pese a que el protagonista indiscutible era el ser terrorífico que daba título al libro, Drácula apenas sale en la novela. ¿Alguien sabría decirme por qué?

Todos la miraron, a la espera de que la propia Abril resolviera el misterio, hasta que finalmente Álex pareció despertar del embrujo en el que los había envuelto con sus palabras e intervino.

—Porque los monstruos que dan más miedo son los que permanecen ocultos. Los monstruos que no vemos, pero que sabemos que están ahí, esperando en la oscuridad para devorarnos. Los monstruos bajo la cama.

10

La biblioteca abrió al público la primera semana de febrero. Solo en horario de mañanas, desde las once hasta la una, de lunes a jueves, lo que contribuyó a reducir las horas de sueño de Abril. No es que la biblioteca constituyese con exactitud un motivo por el que levantarse cada mañana, pero saber que había algo que la esperaba al otro lado del edredón mitigaba su desamparo. Aunque el desastre de su naufragio seguía aferrado a ella, ya no se despertaba encogida, esperando recibir el golpe de la desdicha; un error había borrado del mapa a aquella otra Abril excelente en su profesión y no sabía con certeza qué le quedaría una vez que las cenizas se dispersaran. Aplastada por el peso de su fracaso y su vergüenza, descubrió que los libros la ayudaban a respirar bajo el agua.

Cuando llegó el jueves, casi tenía una pequeña rutina de

salvamento. Álex la despertaba con tres golpes en la puerta y un grito de buenos días para avisarla de que el cuarto de baño quedaba libre. Él salía a correr por las mañanas, pese a la nieve y el frío, y a su regreso se duchaba y la esperaba en la cafetería de Rosa con una enorme taza de café con leche y un cruasán en lugar de magdalenas, por culpa de Proust. Desayunaban juntos, discutían sobre el menú del mediodía y la colada, y volvían a la biblioteca con la camaradería de quienes llevan trabajando juntos mucho más que unos días. Con él todo era cómodo, como quitarse los zapatos al volver a casa después de una larga jornada en la oficina. Su entusiasmo, energía y buen humor tornaban todo fácil, todo fluía a su alrededor, excepto Abril.

Lo veía subir y bajar a saltos la escalera de la biblioteca mientras ella catalogaba los libros, configurar el programa para el sistema de préstamos, comprar una impresora con escáner para los carnets de los usuarios y los códigos de barras de los ISBN, correr, leer, repasar su correo electrónico con el ceño fruncido y un ojo puesto en el reloj, lamentarse por esa nieve que no los había abandonado a lo largo de la semana y que le impedía seguir trabajando en el jardín, y charlar con sus amigos por videoconferencia. Mientras Abril permanecía inmóvil, congelada en el ámbar amable de Trevillés, él seguía adelante con su vida, se preparaba para volver al ruido y la furia.

—En cuanto deje de nevar encontraré tus vasijas. Soy mejor buscando en Google que entre los matojos, pero acepto el desafío —dijo Álex como si fuese capaz de leerle el pensamiento—. Aunque también podríamos salir a caminar con raquetas de nieve por el sendero del bosque.

Compartían el enorme escritorio de cerezo, cada uno al frente de un portátil. La chimenea encendida caldeaba la sala y al otro lado de las ventanas los copos se arremolinaban perezosos en aquel mediodía gris. Abril había terminado *Drácula* y *Cumbres borrascosas*, y dilataba en lo posible esa sensación tan agradable de no haber decidido todavía qué leería a continuación; nada estaba resuelto aún, todo podía ocurrir, desde despertarse en Tejas Verdes para tomar un té de no cumpleaños con el Sombrerero Loco, naufragar en una isla desierta, salvar al señor Rochester, contemplar los amaneceres rojos de Arrakis o llegar tarde a la clase de Pociones.

—Mejor me quedo aquí, calentita, acabando de catalogar todos estos libros —dijo tras dar un sorbo a su humeante taza de Earl Grey.

—Vaya —Álex la miró con fingido asombro—, tienes una capacidad asombrosa para no divertirte.

—Dijo el tipo que pasa la tarde de los jueves tejiendo una bufanda.

—No te metas conmigo, chica del cepillo, que acabo de salir de la cárcel y necesito tiempo al aire libre.

—¿Cómo fue?

—¿Estar encerrado cinco meses, cinco días y tres horas? —La vio asentir y se encogió de hombros—. Un cúmulo de emociones que fueron amortiguándose a medida que pasaban las semanas y me tranquilizaba. La investigación y el juicio resultaron muy estresantes, pero luego me quedé a solas y no sabía cómo gestionar todo lo que sentía. Las sesiones con el psicólogo me devolvieron la vida.

—No puedo imaginarlo.

—Nuestra cultura cinematográfica nos planta la idea de las cárceles estadounidenses y todos esos roles de presidiarios chungos, pero no es del todo así. Cuando salí, me quedó una sensación de tristeza y desesperanza por haber visto esa cara sombría de vivir en sociedad. Me pareció que la mayoría de los presos del módulo de baja seguridad en el que me recluyeron estaban allí como consecuencia de la pobreza y de la falta de educación.

—Charles Dickens, en el siglo XIX, ya señalaba esa especie de predestinación; las pocas posibilidades de llevar una vida honrada que tenían las personas más pobres de Londres, nacidas en los barrios más inmundos, sin ninguna oportunidad de educación, ayuda, guía y protección.

—Nada cambia.

—Pero nada permanece. —Abril suspiró pensando en su carrera publicitaria.

—No quiero ofenderte equiparando lo que nos ha traído aquí a los dos, pero...

—Es que no es comparable —lo interrumpió un poco enfadada—. A ti se te ha abierto una oportunidad increíble para ampliar horizontes, como una matrícula de honor en el examen de acceso a las empresas tecnológicas más prometedoras del mundo, todas te quieren. Yo me he cargado mi carrera profesional.

—Es un paro momentáneo.

—No lo es.

—Pues un cambio de rumbo. Seguro que hay muchas otras cosas a las que te gustaría dedicarte.

—¿Como a tejer chales? ¿A quejarme de tus macarrones? ¿Encender las chimeneas sin ahogarme con todo ese humo? ¿Estudiar Información y Documentación para que no me demanden también por intrusismo profesional además de por sabotaje empresarial?

—No soy adivino. —Álex sonrió y alzó las manos en señal de rendición.

—¿Has visto algo que te guste en tu bandeja de entrada? —preguntó Abril señalando su portátil porque necesitaba cambiar de tema y dejar de quejarse, y le daba pánico haber mencionado lo de la demanda.

A lo largo de la semana, lo había visto conectarse a internet, al parecer cada vez con mayor seguridad y alivio, quizá consciente de que el ordenador debía formar parte de su jornada laboral sin peligro de que se convirtiera en el total de su vida. Gestionaba bien su tiempo frente a las pantallas y había sido de gran ayuda para digitalizar el sistema de préstamos de la biblioteca.

—He empezado a descartar ofertas y he contestado a tres solicitando más información. Todavía no me atrevo a entrar en ningún proceso de selección, no tengo prisa por contestar un montón de test psicotécnicos ni entrevistarme con esos excéntricos seres que, un día, alguien decidió que resultaban aptos para gestionar un departamento de Recursos Humanos. Parece que les encantan mis antecedentes penales por delitos informáticos.

—No tienes prisa porque sabes que tienes futuro.

Le sorprendió el tono de tristeza con el que había pronunciado esas últimas palabras. Se volvió hacia la ventana, hacia la nieve y las vistas de la plaza blanca y desierta al otro lado del cristal, tratando de ignorar el maldito ficus y contener las lágrimas. No soportaría que Álex le tuviese lástima. Ni el ficus tampoco.

—No lo superarás —dijo él al cabo de unos minutos de silencio—, así que deja de intentarlo. La pérdida no se supera, aprendes a vivir con ella. Hasta que un día te levantas y te das cuenta de que ya no ocupa tanto espacio en tu interior, de que ya no duele, de que solo es un recuerdo que te acompaña, como tantos otros. Siempre sabrás que un día te equivocaste y que tuvo consecuencias, pero eso no significa que no lo recuerdes con una sonrisa en los labios, tranquila y feliz desde tu nueva y fabulosa vida como catadora de Earl Grey al servicio de Su Majestad la reina Isabel II.

Estaba a punto de contestarle que eso jamás sucedería

cuando la puerta de la biblioteca se abrió con un crujido de castillo transilvano y una mujer con el pelo de color rosa, gafas de cristales gruesos y la sonrisa más grande del mundo entró con un «¿se puede?» a voz en grito. No había terminado de pronunciar la última sílaba de su estentóreo saludo cuando Álex se lanzó en plancha bajo el escritorio.

—Eh... —dudó Abril, desconcertada—. Depende.

—¿De qué depende, muchacha? —La recién llegada se rio—. Vengo a verlo con mis propios ojos porque verlo con los ojos de los demás sería raro y daría un poco de asquito. Quiero ver a qué os dedicáis. Cuando Rosa me dijo que contábamos con una nueva bibliotecaria no podía creerlo. «Poco trabajo tendrá», le contesté. Porque aquí lo que se dice bibliotecaria poca falta hace. Igual un par de tractores nuevos, o que llegue el correo dos veces por semana en lugar de una cada quince días o que arreglen de una vez la fuente de la calle del riego, que ni es riego ni fuente, menuda broma. Pero, claro, a los forasteros no hay que asustarlos, que se van, y luego nos quedamos vacíos. Pues más aire. ¿Se respira bien ahí abajo, muchacho? A tus pies lo tienes, señorita bibliotecaria, será la moda. O el catálogo, que se le habrá caído. Es que una vez...

Un poco mareada por el torrente incontenible, Abril se encontró con la angustiada mirada de Álex.

—Es la señora Lola —le susurró desde debajo del escritorio—, la del supermercado.

—Ahora entiendo por qué tanta insistencia en que fuese yo a comprar.

—Yo cocino —se defendió con un resoplido indignado.

Aunque no perdía de vista a Abril y había descubierto a Álex en su desastroso escondite, la señora Lola seguía parloteando sin descanso con una sonrisa satisfecha y con la respiración regular del corredor de fondo que sabe dosificarse.

—... como en el invierno de 2007, que vaya temporal y todo el trigo ahí, a lo loco, entre los tridentes esos de los franceses. Que no digo que los franceses no tengan sus cosas admirables, como la tortilla, pero para los tridentes no se gastan buena mano.

—No estoy segura de que la tortilla francesa sea un invento francés —dijo Abril, todavía medio aturullada—. Me parece que se llama así por las guerras napoleónicas. La escasez de alimentos durante el sitio de Cádiz y San Fernando por parte de las tropas de Bonaparte, en 1810, llevó a la población a...

—Paparruchas. Será como la ensaladilla rusa. Todo un absurdo, un lio culinario y de nacionalidades. No pienso entrar en temas delicados, como que España sea el quinto país con más estrellas Michelin. El quinto, ¡qué disparate! ¿Me vas a decir que existen cuatro lugares en el mundo mundial donde se coma mejor que aquí? Es por la agricultura ecológica.

—¿Cómo se para? —murmuró la bibliotecaria entre dientes con cara de espanto.

—No se para. Cuando salí de su tienda seguía hablando.

Abril lanzó una mirada de anhelo a la puerta principal de la biblioteca, le parecía imposible de alcanzar.

—... tremendo en tiempos de recolección, si siempre lo digo, que la cosecha no afecta, aunque...

—*Petrificus totalus* —intentó.

—... los cuervos vienen por las subvenciones. En el pleno del Ayuntamiento lo comenté y nadie parecía escucharme. Hay una epidemia de gente que no escucha.

—Me pregunto por qué.

—Es por la alimentación. Echan esas hormonas a las coliflores y no hay quien se concentre en nada.

—Yo intento escuchar —intervino Álex muy solemne—, de verdad que lo intento. Pero es que me importa un comino todo lo que dice.

—¿Puedo ayudarla con los libros? —dijo Abril a la desesperada—. Tenemos casi toda la bibliografía de Isabel Allende, quizá le apetezca leer *La casa de los espíritus*.

—Pues no suelo leer —le contestó la señora sin perder ni un ápice de buen humor pese a la interrupción de su monólogo. Al fin y al cabo, siempre podía iniciar otro distinto—. Es una actividad muy solitaria y yo soy una persona social. Pocas cosas mejores que charlar con los amigos. A no ser que te quedes afónica.

—Zeus no lo permita —gruñó Abril.

—¿Por qué le has ofrecido ese título en concreto? —preguntó Álex, sentado en el suelo—. ¿Es tan largo como para mantenerla ocupada durante toda una semana?

—Recuerdo que una de las protagonistas se quedaba muda durante años.

—Señora Lola, ¡qué alegría encontrarla aquí! —los interrumpió Ángel asomándose por la puerta.

Para horror de Abril, venía acompañado por el lobo que había estado a punto de comérsela la noche del árbol de Navidad y que había dormido en la habitación de Álex tras devorar la mitad de la despensa y decidir que la cocina no era un buen lugar de descanso. Aunque el farmacéutico lo llevaba sujeto con collar y correa, en cuanto el animal descubrió a su rescatador sentado en el suelo se liberó de un tirón de su custodio y corrió a lanzarse bajo el escritorio.

—¡Wolfie!

Ingeniero y lobo rodaron por el suelo de madera en un revoltijo de patas y lametones. Abril encogió los pies para que no tropezasen con ella y, atónita, se dio cuenta de que la perorata de la señora Lola seguía inalterable, sin importar la interrupción de Ángel, la criatura salvaje en la biblioteca o el asilvestramiento de su compañero de escritorio. Nada desalentaba a esa mujer. A punto de perder los estribos, se encontró con la mirada del farmacéutico y articuló un socorro silencioso.

—¿Por qué no me acompaña un momento a la farmacia?

—improvisó el recién llegado guiñando un ojo a Abril—. Ayer me llegaron sus pastillas para la tensión.

—Qué amable, aunque pueden esperar. Todavía me quedan. Me había equivocado con el cambio de mes y las medias lunas. No podría...

—Venga, Lola, se las daré en un momento y así no tendrá que esperar —dijo mientras se llevaba a la incombustible mujer cogida del brazo. En la puerta, a punto de desaparecer de la vista de la bibliotecaria, se volvió y le dedicó una sonrisa radiante—. Di a Álex que cuando termine de jugar con el perro me lo traiga al vermut de la una, que lo tengo de acogida mientras la protectora le busca sitio.

—De verdad eres un ángel. —Abril suspiró mientras la voz de la señora Lola iba perdiéndose en la lejanía poquito a poco.

Entonces a Álex le pareció una buena idea empujar su silla alrededor del escritorio mientras el lobo los perseguía dando saltos de auténtica alegría, y a la bibliotecaria se le pasó la inspiración religiosa. Al fin y al cabo, el supuesto ángel había traído consigo de vuelta a la bestia del averno.

Para el jueves de Las Tejedoras, Parvati cocinó un pastel de pollo, ciruelas, tomates y cebollas confitados y espinacas.

—Es una quiche como la de Agatha Raisin —señaló María, la aficionada a las novelas policiacas.

—Una quiche para alimentar a todos los seguidores de Instagram de las Kardashian —se burló Jaume.

—Pues está riquísima —dijo Álex con la boca llena y Wolfie adormilado a sus pies.

Parvati le tendió una copa de vino tinto y sonrió. Había empezado a llover, pero ellos estaban allí dentro, a salvo y calentitos, rodeados de libros, de madejas de lana y de buenos amigos. Ángel se había arrellanado en la butaca reclinable y de un momento a otro se le caería su labor de punto en el regazo; Jaume y Rosa comparaban la longitud de sus bufandas de Ravenclaw, ya casi terminadas, y debatían entre si rematarlas con borlas plateadas, flecos o nada. María, inquieta como siempre, se levantaba a menudo desparramando los cojines de su asiento para ofrecer servilletas, pasar la bandeja de los minicruasanes salados que había llevado o recolocar algún tronco díscolo en la chimenea. Parvati repasó la escena con disimulo y suspiró de puro placer. Hacía tiempo que no se sentía tan a gusto. Se sirvió otra copa para ella, volvió a su asiento, junto a la bibliotecaria, y retomó el hilo de la conversación.

—Es un pastel de espinacas...

—¡Gigante! —María se rio.

—... para compartir. Es el preferido de mis hijos.

—No sé cómo fueron capaces de irse, Parvati —apuntó Álex—. Deben de echarte mucho de menos. No lo digo solo por lo bien que cocinas —se apresuró a añadir.

—Es ley de vida. Aunque una ley injusta. Ahora parece que los padres seamos un estorbo, que cortemos las alas de nuestros hijos si estamos cerca, que los apabullemos con nuestro amor y protección. Yo viví con mis padres hasta que murieron y no hubo un solo día en el que me sintiese oprimida por su cariño y sus consejos.

—Cariño, tú no seguiste sus consejos —la interrumpió su marido sin levantar los ojos de su bufanda.

—Puede ser —reconoció—, pero tuve el sentido común de no dar ninguno a mis hijos.

El carraspeo jocoso de Jaume sacó de su letargo a Wolfie, que se estiró, bostezó, levantó el hocico y se quedó mirando a Abril. Cauto, como solo saben serlo quienes se guían por la nobleza de su instinto, se acercó a ella y apoyó su enorme cabeza peluda sobre las rodillas de la bibliotecaria. Abril se quedó petrificada por la impresión.

—Me recuerda al perro pastor de mi hermano —observó Parvati—. Cuando mis padres murieron, con apenas unos meses de diferencia, Daru lo pasó mal. Estaba tan triste que tenía que enviarlo afuera de casa con cualquier excusa cuando preparaba la comida porque su pena me cortaba todas las salsas. O tal vez fuese la mía, o la de todos. Su perro solía consolarlo exactamente así, reposando la cabezota sobre sus angulosas rodillas de pastor huérfano.

—Terapia perruna contra la pena —murmuró Ángel con los ojos entrecerrados. Había dejado la copa de vino en equilibrio sobre el brazo de su butaca y media docena de ovillos de lana de diferentes colores y tamaños se mecían en su regazo al ritmo de su respiración pausada.

—Si de verdad queréis ver apenada a nuestra bibliotecaria —acudió Álex al rescate—, doblad las esquinas de las páginas de los libros. Wolfie solo intenta congraciarse con ella porque se le pasó el plazo de devolución de préstamos, ¿verdad, muchacho?

Amparado por la penumbra, cogió la mano de Abril y la guio firme sobre la cabeza del perro. A Parvati le pareció que intercambiaban una mirada de complicidad, de gratitud y de algo más que entonces no supo descifrar. La primera vez que había hablado con Abril le había parecido perdida, cansada y triste; no exactamente triste, quizá contrariada, o culpable. Culpable, en definitiva, como cuando sus hijos volvían a casa para cenar con los pantalones mojados, pero no se atrevían a decírselo porque habían estado jugando en los lavaderos viejos, adonde tenían prohibidísimo ir. La bibliotecaria de los ojos grises era demasiado mayor para las travesuras, pero la culpa la atormentaba.

Como si fuese capaz de seguir el derrotero de los pensamientos de Parvati y tuviese miedo de que se acercara demasiado a la verdad, Abril pidió ser rescatada del lobo terapéutico e hizo un esfuerzo por cambiar de tema.

—Espero que todos hayáis terminado de leer *Drácula*, porque mañana celebraremos nuestra segunda sesión del club.

—Estamos impacientes. —Parvati le sonrió—. Tanto como si hubiésemos cruzado océanos de tiempo para encontrarte.

—¿Habéis visto la película? ¿Por qué no se me habrá ocurrido a mí? —bromeó Álex.

—Hemos leído el libro y, como no salía la frasecita famosa, nos hemos ido a la peli.

—La novela nos ha gustado mucho más —aclaró Rosa, siempre diplomática.

Parvati dio un sorbo a su copa de vino y se reclinó en el sofá para descansar las cervicales. Fuera, en aquel cuadrado de oscuridad enmarcado por las cortinas verdes con florecillas, seguía nevando. Cerró un instante los ojos, arrullada por las animadas conversaciones de sus amigos, por el suave ronquido de Ángel, por el chisporroteo de la chimenea y el entrechocar de las agujas de Abril. Esa misma noche, un poco más tarde, a punto de caer dormida, habría de confesar a su marido que aquellos ratos en la biblioteca, en compañía de Las Tejedoras de los Jueves, quedarían para siempre en su memoria como uno de los momentos más felices de su vida, pese a la ausencia de sus hijos.

11

Si bien la sesión de mimos en el jueves de Las Tejedoras había atenuado su temor, resultó imposible que Abril aceptara a Wolfie de acogida en la biblioteca mientras los veterinarios de Vielha le encontraban sitio en la protectora de La Seu d'Urgell o en la de Lleida. Tras una ardua negociación, en la que Álex acabó prometiendo que sería él quien hiciese la compra en el supermercado de la señora Lola, la bella bibliotecaria de la larga melena castaña y la mirada gris de un invierno luminoso les concedió la gracia de pasar el día juntos, siempre y cuando Ángel se llevase la bestia a dormir a su casa.

—Si el lobo me asesina, serás el primero a por quien vaya mi fantasma —lo amenazó con su adorable ceño fruncido.

—¿Sigues leyendo *Cumbres borrascosas*?

—No, ahora estoy con este. —Le enseñó un ejemplar delgado encuadernado en tonos claros.

—*Adiós, señor Chips* —leyó Álex—. James Hilton. ¿De qué va?

—De un profesor inglés encantador, de afrontar los malos tiempos desde la fortaleza que nos procura ser quienes somos, de la nostalgia de la vieja Inglaterra victoriana, cuando todo parecía más noble, nítido, sencillo.

—No cuela. Me hablaste de Charles Dickens, y las prisiones victorianas de deudores no parecían nítidas, ni nobles ni sencillas.

—¿Qué leíste mientras cumplías condena?

—No podía acercarme a un ordenador y no tenían nada de Cixin Liu en la biblio de la cárcel. Solo había tochos viejunos, así que empecé a leer a Henry James.

—Porque estar en la cárcel no era suficiente castigo.

—Luego lo intenté con *Los miserables*.

—Habrías necesitado cumplir una condena más larga para terminarlo.

—Y al final, aunque sigo prefiriendo a Liu, decidí que lo mío eran *Los tres mosqueteros*, *Ivanhoe* y *La pimpinela escarlata*.

—Entonces te encantará el título que he escogido para la siguiente sesión del club de lectura.

La mañana en la que Álex salió a correr con Wolfie, fue la de un viernes sereno y sin nubes. Pese a que había nevado a lo largo de toda la semana, no lo había hecho con intensidad y el sendero que partía del pueblo en dirección a las montañas y cruzaba el bosque de abetos seguía despejado, lo que le permitió pasar por allí sin complicaciones. Si bien las ramas más resguardadas conservaban su pátina blanca, el resto del bosque permanecía, en su mayor parte, verde, rojo y dorado. Los últimos colores de la paleta invernal pronto sucumbirían a la primavera, aunque quizá él ya no estaría allí para disfrutar del deshielo. Sintió una punzada de tristeza, como si de pronto partir fuese una pena en lugar del principio de otra vida largamente esperada. Fue entonces cuando supo, por primera vez y sin dudarlo, lo mucho que le costaría dejar atrás a la chica del cepillo.

Le gustaba su cara de sueño por las mañanas, su melena ondulada derramándose por los hombros y la espalda, su forma de hablar, concisa y clara, que transparentaba con tanta integridad su pensamiento y esa mirada inquisitiva que parecía traspasarlo cuando se interesaba por él. Su falta de afectación, su sencillez y autenticidad brillaban en un mundo protagonizado por la estridencia y la ostentación. Carecía de la habilidad del engaño, de la necesidad de aparentar o hacer ruido, y era bella y noble sin saberlo, en su silencio recogido, en la rotundidad de su carácter, en su despiste, en sus fugas frecuentes entre las páginas de un libro y hasta en la misteriosa inquina que tenía al enorme ficus de plástico de la biblioteca.

Se había acostumbrado, en tan poco tiempo, a compartir la noche y el sofá con Abril bajo la única lámpara de la biblioteca que no amenazaba con dejarlos ciegos. Ella leía con las piernas cruzadas, el libro casi a la altura de sus ojos, sostenido por una sola mano o sobre una pila de cojines si era demasiado voluminoso, la cabeza levemente inclinada, su perfil tan suave y cálido recortado con delicadeza contra el paisaje nocturno y nevado del otro lado de la ventana. La tentación de alargar las manos y hundirlas en su pelo, de acunar esa mejilla pálida y acariciar con el pulgar la comisura de sus labios a menudo se le tornaba imperiosa.

—¿Estás llorando? —la sorprendió una noche.

—Es por la señorita Havisham, no puedo soportarlo. Pero luego la imagino conduciendo un descapotable a todo trapo con Thursday Next de copiloto y se me pasa un poco.

—¿Todo eso sale en *Grandes esperanzas*? —había preguntado él señalando el libro que Abril tenía en el regazo.

—No sé por qué me tomas en serio, debería resultarte lamentablemente trágica.

—Me pareces inteligente, equivocada, graciosa y triste.

—No pretendo ser graciosa, todo lo que digo va en serio.

—Eres graciosa porque estás triste.

—Eso no tiene ningún sentido.

—¿Y qué lo tiene, chica del cepillo?

—Pues me gustaría pensar que todo lo que me ocurre lo tiene, porque si no volveré a meterme bajo el edredón y no saldré nunca más. Ni siquiera para abrir la biblioteca al Grinch.

—Es el único que se ha llevado libros. Quizá seamos su obra social.

—Soy un caso perdido, sálvate mientras puedas. —Abrió *Grandes esperanzas* y leyó en voz alta—: «Cuando llegó, mi intención era evitarle tristezas como la mía».

—Quizá no hace falta que todo tenga sentido.

—Y, sin embargo, se lo pedimos a los libros. La ficción —dijo mostrándole de nuevo su tocho dickensiano— solo es ficción, y le exigimos una coherencia y una credibilidad de las que la vida carece.

—A mí no me mires, yo soy muy fan de Brandon Sanderson.

—Los mundos de Sanderson tienen sentido.

—Pero son mucho más ingeniosos que la realidad.

—Dices eso porque no conoces a la gente adecuada.

—Me di cuenta la primera vez que hablé contigo.

—Por mucho que me halagues, no pienso cocinar.

—¡Demos gracias a los dioses! Léeme en voz alta *Oliver Twist*.

—Es *Grandes esperanzas*.

—Eso díselo a la señorita Havisham.

Había contado a Marcelo lo a gusto que se sentía charlando con ella, con sus frases cortas, a veces un poco hirientes y malhumoradas, casi sin querer, y esa curiosidad que no podía disimular pese a empeñarse en seguir en brazos de la melancolía y la culpa. Su amigo, que lo conocía bien, le había preguntado sin ambages si estaba enamorado y él no había sabido contestar porque, en el fondo, adivinaba que aceptarlo, cuando era consciente de que sus días en Trevillés estaban contados, le complicaría la vida. Los hackers eran pragmáticos, y estar enamorado era como trastear con el código fuente de un troyano: una vez que te metías ahí, resultaba imposible salir indemne.

Regresó a la biblioteca con un jadeante y feliz Wolfie pegado a sus talones, pero cuando ya podía ver el tejado negro a dos aguas y la parte trasera de la hermosa casona a pie del sendero, se detuvo, perplejo. Era la primera vez que volvía por allí, en lugar de atravesar la calle principal hasta la plaza, y se dio cuenta de que algo no encajaba en la forma del camino que lindaba con el jardín de la propiedad. Esa forma tan poco natural, los bordes, la vegetación alrededor, la ausencia de calles y casas adyacentes tan cerca de la plaza del pueblo. Los días de nieve y lluvia habían retrasado sus labores de jardinería, pero si se mantenían los cielos despejados, se prometió descifrar ese fin de semana el misterio de las vasijas perdidas.

—No me ha gustado el final.

El Grinch, con su cara habitual de coadjutor victoriano, se había sentado un poco apartado de los demás y de la única lámpara encendida, de manera que las sombras danzantes de la chimenea acentuaban su crónica expresión lúgubre. Fuera seguía lloviendo y la escena en la biblioteca se parecía mucho a la del jueves anterior, con todas las botas alineadas junto a la puerta, los paraguas y los anoraks con capucha en los percheros, y todos ellos en calcetines y relajados, solo que habían cambiado las agujas y la lana por los ejemplares de *Drácula* y el pastel de espinacas de Parvati por una espectacular tabla de quesos variados y frutas de temporada.

—Al menos parece que le ha gustado todo lo demás —concluyó optimista Parvati.

El Grinch le lanzó su mejor mirada de «todavía no te he demandado por injurias, pero espéralo de un momento a otro» y estaba a punto de replicar cuando el ronquido de Ángel lo distrajo. Solo Álex, que se había levantado para apartar a Wolfie de su recién descubierta obsesión por olisquear el queso, fue testigo del gesto de infinita ternura cuando aquel hombre malhumorado y sombrío alcanzó una de las mantas que Abril utilizaba para sus lecturas nocturnas y arropó con ella al pluriempleado farmacéutico. Le pareció que toda su rudeza se diluía en ese solo gesto, que, de todos los hombres del mundo, había sido el único policía municipal de Trevillés quien tradujese un idioma tan complejo como el tiempo. Se sintió torpe y desmañado al volver a su sitio junto a su bibliotecaria, consciente de que acababa de recibir una lección sobre la sencillez de la vida. Protegemos a quienes amamos. Tan simple como cocinar de más, como volver a la universidad para salvar un pueblo moribundo, como alegrar el gris de enero con las luces de Navidad, como arropar con una manta amarilla mientras fuera llueve, como volver a por una chica acostada sobre la nieve por si le da miedo regresar a casa.

—No es ninguna tontería. —Abril carraspeó para romper el embarazoso silencio que había seguido a la opinión del Grinch—. Un gran número de lectores de la época y otros posteriores hicieron esa misma crítica. La novela de Stoker consigue mantenernos en vilo durante muchas páginas y, quizá, la resolución final es demasiado precipitada.

—Por no hablar de la estupidez de Van Helsing, Jonathan y el resto de la pandilla de donantes de sangre —añadió el Grinch—. Después de lo que le pasa a Lucy, deberían estar más atentos. ¿Cómo no se dan cuenta de lo que ocurre con Mina hasta que es demasiado tarde? Está pálida, dicen, duerme mucho, sí, oh, ¿por qué será?

—Pero eso está hecho intencionadamente —intervino María—. Los mejores autores de novela policiaca son aquellos que facilitan a propósito que el lector tenga más información que el detective, que vaya por delante de los personajes, como si dijéramos. Aumenta el suspense.

—Eso es. —La bibliotecaria sonrió como una maestra orgullosa de sus alumnos—. Stoker consigue elevar la tensión y el temor del lector otorgándole el privilegio de la visión de conjunto. El lector sabe qué le está pasando a Lucy porque conoce todos los hilos de la trama, el testimonio de cada uno de los personajes, encaja las piezas de Renfield, del doctor John Seward y de Mina.

—He leído en la Wikipedia —intervino Álex levantando la mano como si hubiese regresado a sus tiempos de colegio— que Bram Stoker suprimió un párrafo final de la novela a sugerencia de su madre, Charlotte Stoker, porque se parecía demasiado a *La caída de la casa Usher*, de Edgar Allan Poe.

—Pensaba que la Wikipedia era un compendio de invenciones de gente con demasiado tiempo libre —gruñó el Grinch.

—No sé si habéis leído *Narraciones extraordinarias*, de Poe...

—¡Para Halloween! La propongo para Halloween —se animó Parvati.

El Grinch la miró como si acabase de morder un limón, y señaló con rapidez a Álex y a Abril.

—Las propuestas importan un comino a las bibliotecarias de este pueblo.

—... con las que Drácula comparte ciertos paralelismos —continuó la bibliotecaria sin desanimarse—, así como con otras novelas de terror victorianas. Por no mencionar las obras de consulta, sobre Rumanía o sobre la condesa húngara Erzsébet Báthory, que Bram Stoker tuvo como referencia.

—No hay nada nuevo bajo el sol.

—Es que todo está ya escrito, no se puede innovar. Shakespeare lo escribió todo: venganza, lujuria, ambición, baños de sangre, psicópatas, guerras, hadas, magia, codicia, celos, *instalove*.

—¿Qué es *instalove*?

—*Romeo y Julieta*.

—Pero Shakespeare bebía de los mitos griegos, tampoco era tan original.

—Entonces ¿fue Zeus quién lo escribió todo?

Abril se reclinó en su asiento con una sonrisa despreocupada en los labios. Ignoraba cómo habían pasado de *Drácula* a Zeus, pero le encantaba su primer club de lectura. Siguió con interés y curiosidad el animado coloquio entre los participantes, y solo cuando la conversación decayó se animó a declarar finalizada con éxito la primera propuesta del club y a anunciar que estaba preparada para anunciarles la segunda. Abrió el baúl Saratoga, escogió con cuidado otros seis ejemplares y se plantó frente a la chimenea con los lomos vueltos hacia ella para que nadie pudiese anticiparse a conocer el título antes que los demás.

—Esgrima. Lucha. Torturas. Venenos. —Leyó con entonación teatral la que consideraba la mejor sinopsis de toda la historia de la literatura—. Amor verdadero. Odio. Venganza. Gigantes. Cazadores. Hombres malos. Hombres buenos. Las damas más hermosas. Serpientes. Arañas. Bestias de todos los aspectos y clases. Dolor. Muerte. Valientes. Cobardes. Forzudos. Persecuciones. Fugas. Mentiras. Verdades. Pasión. Milagros.

—¡Como desees! —exclamaron todos, excepto el Grinch, al unísono.

—¿Lo habéis leído?

—Hemos visto la peli.

—Pero ¿será vuestra primera vez con la novela de William Goldman?

Todos asintieron de nuevo excepto el Grinch, que seguía mirándola con la expresión de un velociraptor desconcertado.

—«Sigue siendo el libro que más me gusta de todos. Y ahora más que nunca desearía haberlo escrito yo» —leyó las primeras frases del prólogo. Repartió los ejemplares y guiñó un ojo a Álex cuando le entregó el último, el que compartirían durante la semana—. *La princesa prometida*, de William Goldman.

12

No volvió a nevar ese febrero y aunque los amaneceres continuaron dejando un delicado dibujo de escarcha allí donde los dedos del rocío tocaban el mundo, los cielos fueron llenándose de luz a medida que las noches se acortaban en el bosque que orillaba las afueras de Trevillés. Abril cayó en la cuenta de que nunca corrían las cortinas verdes con florecillas lilas de los ventanales de la planta baja ni cerraban los gruesos postigos de madera barnizada. La noche y el día entraban a placer en la biblioteca, como viejos conocidos que no necesitan llamar a la puerta, como esos amigos que siempre están aunque no hagan ruido. Con su segunda taza de té en las manos y en calcetines, se deleitó en el baile de las diminutas hadas del polvo en el haz del sol de la mañana que acariciaba el suelo de madera. Se llevó la mano libre al bolsillo de la larguísima chaqueta de lana gris marengo curiosa por el inesperado peso que notaba, descubrió que era su teléfono móvil y, en un impulso, llamó a su abuela.

—¿Estás bien?

—Claro.

—Es la primera vez que me llamas desde que eres más o menos adulta.

—Quizá porque hoy me siento más o menos como si lo fuera.

—Me gusta el tono de tu voz. ¿Qué tal se te da la biblioteca?

Abril la puso al día de sus horarios de apertura, del sistema de préstamos y del poco interés de los habitantes de Trevillés por la lectura.

—Excepto por los miembros del club, que además se conforman con la lectura semanal, no entiendo por qué se te ocurrió que volviese a abrir la biblioteca, ni por qué mantenías esta casa limpia y aireada.

—Sería una pena que todos esos libros se echasen a perder. Y la casa es preciosa, se merece que la cuiden. Se merece tener una bibliotecaria residente. Y un ingeniero informático que digitalice el catálogo y ponga en marcha el sistema de préstamos —añadió Bárbara.

—No creas que tenemos tanto trabajo —le aclaró su nieta con la sensación de que le faltaba alguna pieza del puzle, pero consciente de que por el momento no obtendría más respuestas—. La mayor parte de las mañanas de la semana pasada las pasé leyendo a Bram Stoker.

—«¡La sangre es la vida!» —citó Bárbara.

—Y sospecho que esta semana las pasaré leyendo *La princesa prometida*. Álex lee por la noche, nos turnamos el ejemplar. Me pregunto si tú estabas más ocupada que nosotros cuando vivías aquí. Te imagino como la bibliotecaria más fabulosa de Europa y no recuerdo haberte preguntado por qué te fuiste.

—Quería cuidar de mis nietos y Trevillés ya había empezado a vaciarse. Los jóvenes se iban a la ciudad a estudiar y ya no volvían, los adultos estaban muy ocupados salvando lo poco que todavía quedaba de sus negocios y cultivos familiares, y los mayores no leían. Hasta las ovejas se fueron. Pensé que si me quedaba allí acabaría olvidada y polvorienta, desaprovechada, como todos esos libros que nadie abría nunca.

Si la explicación de su abuela tenía un doble sentido, Abril la ignoró por completo. No se le ocurría un lugar más perfecto para distanciarse del dolor y la vergüenza, pues ningún libro la juzgaría nunca y los habitantes de Trevillés no conocían su pasado. Se distrajo con los pasos de Álex cruzando la habitación en dirección al jardín. La saludó con un movimiento de la cabeza y lo vio detenerse en el umbral de Narnia para calzarse las botas y ponerse las gafas protectoras y los guantes. Había dejado a Wolfie con Ángel por temor a que el perro y la motosierra no hiciesen buenas migas. Abrió la puerta, escogió su arma y, antes de encenderla, se enfrentó a la selva y recitó solemne:

—«Hola, me llamo Íñigo Montoya, tú mataste a mi padre, prepárate a morir».

—¿Me estás escuchando? —se quejó su abuela al otro lado del teléfono—. ¿Qué es todo ese ruido?

—El jardinero —dijo Abril aguantándose la risa.

—¿El de John le Carré o el de Reginald Arkell?

—El mío.

—Entonces, espero que no amenaces con cortarle la cabeza si no pinta las rosas de rojo.

—Me contendré.

—Os lleváis bien —adivinó Bárbara—. El expresidiario y tú os avenís bien.

—Es amable.

De repente se le hizo un nudo en la garganta y le costó tragar, porque la amabilidad, por inesperada, siempre la conmovía, y hasta ese momento no se había dado cuenta de que era un rasgo pronunciado del carácter de Álex, formaba parte de su naturaleza. Amable, divertido, inteligente, observador y honesto. En aquel siglo de soberbia, de despotismo y depredadores, se despreciaba a las personas amables tachándolas de tontas o de débiles, como si la educación, la sonrisa y el ayudar a los demás fuese en detrimento del propio individuo.

—¿Cuándo vas a volver? —A su abuela le gustaba pillarla por sorpresa.

—Todavía no —contestó con franqueza—. Quizá me quede a vivir aquí para siempre. Con todo este silencio y esta naturaleza alrededor y las montañas y el frío y los lobos y el Grinch.

—Suena tan encantador como una novela de Stephen King.

Cuando se despidieron y Abril cortó la comunicación reparó en que la motosierra había enmudecido y desde el jardín no llegaba más que el clic ocasional de las tijeras de podar. Se acercó hasta la puerta y asomó la cabeza. Pero la mirada no se le detuvo en el afanoso jardinero fiel sino que continuó hasta el muro del fondo, intrigada por un atisbo rojizo tras el regio tronco del castaño más grande. Se calzó a toda prisa sus botas, pasó por encima de las zarzas desbrozadas y lo que esperaba que fuesen malas hierbas sin hacer caso a las protestas de Álex, hasta pararse junto al árbol. No estaban enterradas, no era necesario excavar como en sus fantasías de arqueóloga aficionada; las tres vasijas de la abuela, en diferentes grados de descomposición, se escondían entre la hiedra del muro y el castaño grande. No las había visto antes porque la selva impracticable le había impedido internarse hasta allí. Eran de un color arcilloso desvaído por el tiempo, sin restos de pintura ni decoración, con el gollete estrecho, las asas rectas, el cuerpo ojival y la base picuda que facilitaba su enganche en el transporte. La mayor le llegaba a la altura de la cintura, las otras dos eran un poco más pequeñas y les faltaba un asa. Se inclinó para reseguir con los dedos el dibujo circular que les había dejado el torno en su origen, los restos vegetales y de tierra que las cubrían parcialmente. Se detuvo en la curvatura de la boca, en el cuello esbelto y, por último y con un temblor perceptible, en la depresión del sello más famoso de la Tarraconensis, que no había visto hasta que las inspeccionó por detrás. Bárbara se había equivocado, no eran vasijas sino ánforas de vino romano, con la denominación de origen M. Porci bien visible en su sello de cerámica, el vino layetano que se enviaba a Marsella a través del paso de los Pirineos y desde allí hasta Roma. La explicación salió a borbotones de sus labios cuando Álex le preguntó qué había encontrado.

—Qué ciegos hemos sido. Ni siquiera estaban enterradas. Era tan fácil como mirar detrás del castaño.

—Tampoco es que supiésemos que ahí había un castaño hasta que he deforestado toda esta zona asilvestrada —protestó él—. Además, cuando no sabes qué estás buscando es muy difícil encontrarlo.

—¿Estás leyendo a Paulo Coelho?

—Eres una ingrata, chica del cepillo. Iba a enseñarte una cosa, pero ahora paso.

—¿Qué ibas a enseñarme?

—Algo relacionado con tu teoría del vino romano. Aunque tendrá que ser otro día, u otra semana, mejor; ahora estoy muy ocupado con la bibliografía de Coelho.

—«¿Por qué me atormentáis así? ¡No os burléis de mi dolor!».

Álex la miró con cara de no comprender nada.

—*La princesa prometida* —le aclaró—. Cuando el hombre de negro y Buttercup están huyendo de la cacería del príncipe Humperdinck.

—No he llegado a esa parte. Empecé a leerlo anoche y todavía estoy con la partida de Westley de la granja para buscar fortuna. Buttercup acaba de adquirir hábitos más saludables de higiene.

—¿Vas a enseñarme ese misterioso asunto relacionado con las ánforas de mi abuela?

—¿Cuáles son las palabras mágicas?

—¿*Piertotum locomotor*?

El jardinero improvisado se quitó los guantes, miró su reloj y le indicó con un gesto que lo siguiera.

—Me rindo. Abrígate, que salimos a dar un paseo por el bosque. No te preocupes que llegaremos a tiempo para el aperitivo de la una en la cafetería de María.

—Lo que me preocupa es lo del paseo por el bosque. No acabo de conectar bien con Thoreau.

—Iremos solos, sin el Thoreau ese. ¡No me mires así! —Se rio—. Estaba bromeando. Ya sé que es el de *El libro de la selva*.

Salieron del pueblo dejando a sus espaldas la plaza Mayor, rodeando el muro exterior de su prodigioso jardín. Las pocas casas que lo flanqueaban quedaron atrás cuando tomaron el camino de los abedules que bordeaba los campos, esos que una vez, durante el siglo anterior, fueron cosecha de trigo y avena y que ahora permanecían serenos y agrestes, invadidos por veinte especies distintas de plantas y abrojos, bajo el cielo límpido de febrero. Abril reconoció los pequeños arbustos de rododendros y el brezal alpino, deteniéndose un momento en la belleza de las palabras que definían todo aquel paisaje alrededor. El brezo y la lavanda la transportaban a la *Trilogía de Candleford*, de Flora Thompson, así como los lagos y las montañas a *Valancy Stirling*, de Lucy Maud Montgomery, los campos de trigo y amapolas a *Lejos del mundanal ruido*, de Thomas Hardy, y el frío de la mañana y toda aquella nieve en el horizonte le hicieron pensar en *Cuando los inviernos eran inviernos*, el magnífico ensayo de Bernd Brunner. A menudo se hablaba del romanticismo de la memoria olfativa, pero a Abril le resultaban más vívidas y hermosas las palabras. Palabras tan fuertes y rotundas que la arrastraban hasta los libros en los que una vez encontró una alternativa mucho más extraordinaria que la vida. Hubo un tiempo, en su niñez y su adolescencia, en el que la ficción fue aventura, pasión y descubrimiento. Ahora, en ese reencuentro tras largos años sin leer, todo se había tornado en refugio y resistencia, en el engaño de una memoria que se empeñaba en repetir en bucle todo lo que de malo le había sucedido hasta entonces. Pasaba la mayor parte de su día leyendo, como un buzo con su escafandra bajo el mar sabe que puede seguir respirando sin renunciar al silencio de las profundidades. Entre libros nada dolía.

—Acortemos por aquí. —Apenas habían dejado atrás los campos y se habían internado en el bosque cuando Álex interrumpió sus pensamientos—. Si seguimos por el *camí de la Caputxeta* damos mucho rodeo, y me interesa la vista desde el altozano.

—¿Por qué sabes todo eso? Llevas aquí menos tiempo que yo.

—Porque salgo a correr cada día y porque hablo con la gente del pueblo. Podrías acompañarme por las mañanas.

—Preferiría desayunar cicuta, muchas gracias. ¿Por qué se llama *camí de la Caputxeta*?

—Estás obsesionada con los lobos.

—Será porque vivo en casa de mi abuelita.

Álex la cogió de la mano y tiró de ella a través del pinar que cubría una pequeña colina, obligándola a acelerar el paso cuesta arriba.

—¿Por qué te has puesto el saco de dormir? Al ritmo de tus pasitos de geisha no llegaremos nunca.

—Estoy calentita y no pienso bajarme la cremallera.

—Tengo miedo de que te caigas y bajes rodando como un tronco azul marino con capucha.

—Oh, cállate, pareces la señora Lola.

De un suave tirón, Álex redujo la distancia que los separaba y la envolvió en un abrazo apretado que hizo desaparecer cualquier abrigo, cualquier frío, cualquier otro tiempo que no fuese ese instante. Una ola de calidez le subió desde la punta de los pies hasta la raíz de los cabellos y le tiñó las mejillas de un suave color rosado. Estar entre sus brazos era como volver a la biblioteca, descalzarse y acomodarse en el sofá con un libro ante la chimenea después de un largo paseo por la nieve. Era regresar a casa, abrir el primer regalo de una mañana de Navidad, sentirse a salvo del ruido y la furia. Hasta que su cuerpo protestó por el anhelo, despierto al deseo y a la certeza de que, al fin, encajaba en otro cuerpo.

—¿Por qué estamos aquí parados? —preguntó al cabo de lo que le pareció una semana para disimular el nudo que notaba en la garganta y las ganas terribles que sentía de besarlo hasta quedarse sin aliento.

—Solo estaba probando si funcionaría —contestó Álex en voz baja.

—¿Qué? —Como si no lo supiera.

—Hacerte rodar colina abajo como si fueses el queso gigante de la Gloucestershire Cheese-Rolling Race —dijo haciendo un amago de empujarla. La dejó ir, volvió a cogerla de la mano y echó a andar de nuevo—. A este paso no llegaremos nunca. Me siento como el chófer de *Paseando a miss Daisy*.

Abril no podía verle la cara y quizá se imaginase ese temblor casi imperceptible en su voz. Necesitaba pensar que no había sido más que una broma entre amigos porque si seguía contemplando la posibilidad de que Álex y ella fuesen algo más que compañeros accidentales de casa, estaría condenando a los dos a la desesperanza.

—Como no valga la pena lo que quieres enseñarme —improvisó para borrar cualquier rastro de deseo, de la huella candente que estaba impresa todavía en su cuerpo—, seré yo quien se deshaga de ti.

—Mira toda esa nieve allá arriba. Podrías conjurar el hechizo de Saruman en el paso de Caradhras.

—O hacer que parezca un accidente.

Llegaron a la cima jadeantes por la conversación y las risas compartidas. A sus pies, el dorado, el rojo y el verde acunaban el escaso conjunto de casas de negros tejados y chimeneas humeantes que era Trevillés.

—Fíjate —le señaló Álex— en lo extraña que resulta la disposición de la plaza Mayor. Debería estar en el centro del pueblo y que este se hubiese urbanizado teniéndola como punto central, pero está a un lado, como un huevo frito al que se le hubiese desplazado la yema hasta el límite oeste.

—Las metáforas no son el fuerte de los ingenieros informáticos.

—Pero nunca nos equivocamos. Mira ahora la forma del sendero que pasa cerca de la curva del muro del jardín de la biblioteca. No es natural.

—Podría ser el resto de una calzada romana —concluyó Abril tras meditar un buen rato y fijarse en los puntos que su compañero le señalaba—. Tendría sentido si Trevillés fuese un lugar de paso obligado de la antigua ruta transpirenaica de las ánforas de vino del jardín. Pero Trevillés no es un nombre de etimología romana y la disposición de sus calles tampoco. Fíjate. —Ahora fue su turno de dar indicaciones—. Si fuese un enclave de origen romano, la plaza sería cuadrada o rectangular porque establecería la intersección entre el cardo y el decumano, las dos vías principales de cualquier fundación romana.

—Pero nada coincide. Parece un batiburrillo de casas, y la plaza ni siquiera está en el centro.

—Se diría que el jardín de la biblioteca es un punto importante del sendero, como si su curvatura fuese precisa por alguna razón.

—¿Qué razón?

—No lo sé, necesitaríamos a un arqueólogo que nos lo explicara. Quizá la biblioteca y los edificios de la plaza se edificaran sobre un almacén de vino romano perteneciente a la ruta layetana hacia Marsella. El sello M. Porci no deja mucho lugar a la imaginación, ni siquiera a la de una historiadora oxidada con ínfulas de bibliotecaria.

Volvieron al pueblo charlando distendidamente sobre las posibilidades de su descubrimiento hasta que Wolfie corrió a su encuentro a las puertas de la cafetería. Entonces Abril regresó a la biblioteca para llamar a su abuela con la promesa de reunirse con Álex y los demás para el aperitivo de la una. Pero la conversación con Bárbara sobre el descubrimiento de sus vasijas resultó más sorprendente para la nieta que para la abuela. Todavía sin entender demasiado bien cómo encajar las piezas, Abril entró en la cafetería de María desconcertada y se dejó llevar por las alegres voces que la esperaban. Con una cerveza en la mano, junto a su compañero de biblioteca, comprendió que volvía a sentirse cómoda con él, como si aquel abrazo a media colina que había confirmado tantas cosas no fuese más que el agradable recuerdo de un duermevela imposible.

13

La razón verdadera por la que Bárbara mantuvo limpia y aireada durante tantos años su casa de Trevillés resultó ser un arqueólogo jubilado de origen inglés, alto, fibroso, de pelo cano, ojos castaños, nariz aguileña y una tendencia irremediable a vestirse como Howard Carter. Se llamaba Frederick Turner, hablaba un castellano perfecto, si bien con un leve acento, y, para sorpresa de su anfitriona, rechazó educadamente la taza de té que le ofrecieron antes de instalarse con comodidad en el sillón más alejado a la chimenea.

—Puedes llamarme tío Fred —aclaró con una sonrisa juvenil bajo su bigote.

—Preferiría que no.

—A mí no me mire. —Álex se encogió de hombros—. La historiadora es ella.

—¿Quiere que salgamos a inspeccionar las ánforas?

—No es necesario —rechazó el arqueólogo—. Confío en que nadie las haya movido desde que merendé en ese jardín con su abuela hace unos treinta años.

Abril se mordió la lengua. Apenas hacía un par de días que se había enterado de la naturaleza de esa relación, que incluía mucho más que meriendas en el jardín.

—Tuvimos un *affaire* —le había confesado su abuela por teléfono cuando le explicó las teorías que Álex y ella elaboraban alrededor del hallazgo de las dichosas vasijas—. Los dos éramos viudos. Me lo enviaron del museo y... ahí empezó todo. Él trabajaba entre Barcelona, París y Londres, así que siempre fue un ave de paso.

—Tenemos una idea muy distinta de las atribuciones de los arqueólogos que envían desde los museos.

—Apenas nos vimos una veintena de veces porque encontré las vasijas justo antes de mudarme a la ciudad y ya sabes que no cambié de idea, pero me gustaba tener la casa preparada por si surgía la oportunidad de pasar un fin de semana con él. Hace muchos años que no hemos vuelto a citarnos en Trevillés. De verdad que me había olvidado de esas dichosas vasijas hasta que viniste a tomar el té conmigo hecha un mar de lágrimas.

—¿Y todo eso que me contaste sobre mantener la casa en buenas condiciones para conservar los libros?

—También era cierto.

—¿Papá lo sabía?

—Cariño, no seas tan victoriana. Teníamos más de cincuenta años cuando empezamos a vernos, no necesitaba permiso de mis hijos.

—Lo siento, abuela, es que me cuesta procesarlo. Sabía que algo no encajaba en todo esto, pero nunca se me habría ocurrido pensar que estuvieses encubriendo una aventura con un arqueólogo inglés.

—Mira que eres remilgada. —Bárbara se echó a reír—. Te ofrecí la casa de Trevillés de todo corazón. Consideré que ocuparte de la biblioteca e investigar lo de las vasijas te ayudaría a pensar en otras cosas. Debería haber imaginado que, conociendo tu curiosidad, llevarías esta investigación hasta el final.

—Lo sé, abuela —dijo con un suspiro al cabo de un momento—. Sé que querías ayudarme.

—¿Y bien?

—Y bien ¿qué? Nada está bien. El mundo es un lugar feo, injusto y ruidoso, tu casa está construida sobre lo que un día fue uno de los almacenes vinícolas más importantes del Imperio romano, Álex está enamorado de un lobo que no podrá llevarse con él cuando se vaya, el Grinch lee a Rosamunde Pilcher, Parvati echa tanto de menos a sus hijos que sigue cocinando como si estuviesen aquí, Ángel se queda frito en todas las sesiones del club porque trabaja doce horas al día con la causa perdida en mente de que este lugar no desaparezca del mapa, yo sigo esperando a que Ollivander & Fuchs decida si va a demandarme o se contente con asegurarse de que no vuelva a trabajar en la vida, y tú tuviste que renunciar a tu romance con un arqueólogo inglés para cuidar de tus nietos. Todo es espantoso sin remedio.

—No entiendo demasiado bien tu larguísimo argumento sobre lo lamentable que se ha vuelto el universo desde la última vez que le eché un vistazo, pero te aseguro, si eso ayuda a tranquilizar tu conciencia atormentada, que no tuve que renunciar a nada. Fred y yo estábamos muy ocupados y no queríamos nada más de lo que ya teníamos, la emoción de las escapadas. —Bárbara hizo una pausa y su voz volvió a sonar como de costumbre, alegre y segura—. Confío en ti.

—¿Por qué? Después del desastre, ¿por qué querría nadie volver a confiar en mí nunca más?

—Porque sé que eres lo suficientemente lista y sensata para empezar a tomar decisiones de nuevo, incluso en el único pueblecito diminuto de los Pirineos que tiene club de lectura, y dejar de contemplar la vida como si fuese algo que solo les pasa a los demás.

Su abuela se había ofrecido a llamar al doctor Turner, y el arqueólogo se presentó un miércoles por la mañana, fresco como una lechuga y con muchas ganas de hablar.

—¿Estaban enterradas? —le preguntó Abril volviendo al presente.

—Excavé tres, pero quedan algunas más bajo su hermoso castaño.

—No puedo creer...

—Antes de que me eche por encima a la caballería, querida, deje que le explique cómo conocí a su abuela.

Abril, que ya tenía una idea aproximada de cómo fue, se sentó en el sofá, junto a Álex, con Wolfie adormilado sobre sus pies, y asintió resignada a escuchar su versión de la historia. La paciencia no era uno de sus puntos fuertes, pero estaba mejorando.

—En aquella época trabajaba para el Museu d'Arqueologia de Catalunya. Su abuela llamó una tarde para invitarnos a visitar su casa en Trevillés porque al excavar en su jardín para plantar un arriate de rosas blancas había descubierto lo que le pareció un fragmento de cerámica antigua. El museo le dio las gracias, le pidió que conservara el hallazgo sin desenterrar, abrió ficha del caso y lo archivó; recibíamos una docena de avisos semejantes cada semana y no contábamos con presupuesto ni personal suficiente para actuar de inmediato. Pero unas semanas después, cuando el Institut Català de Paleontologia me invitó a visitar las excavaciones del yacimiento del *Abditosaurus kuehnei*...

—¿Qué es eso? —lo interrumpió Álex curioso.

—Un titanosaurio.

—Significa que era un dinosaurio muy grande, más o menos —le explicó Abril.

—Él se queda con el dinosaurio y a nosotros solo nos tocan los trozos de cerámica —se quejó el ingeniero.

—Un saurópodo herbívoro que vivió en el Cretácico superior hace setenta millones y medio de años. Aunque se halló cerca de aquí, en el Pallars Jussà, estas montañas no podían ser su hábitat —dijo Frederick Turner señalando en dirección a la cordillera pirenaica que dominaba el paisaje más allá de la puerta de Narnia—. Me acordé del aviso de las cráteras de Bárbara, y como me caía muy cerca del yacimiento decidí pasarme y echarles un vistazo.

—Son ánforas de vino —intervino Abril— y la estructura que las circunda parece de un almacén romano.

—¿Ha visto las inscripciones? —preguntó el arqueólogo.

—M. Porci.

—Marcvs PORCIVIR. Ese era el nombre del mayor exportador de vino layetano en la época de César Augusto. Vivió a caballo entre el siglo I a. C. y el siglo I d. C., aunque su bodega pervivió mucho más.

—Pero esto queda un poco lejos de la Layetana.

—Pero cerca del paso pirenaico desde Iulia Libica y Aeso, la ruta de exportación de vinos layetanos hacia Marsella. Los mejores caldos embarcaban en ese puerto con destino a Roma, los demás seguían el Ródano hacia Germania y Britania. Al menos hasta que los galos aprendieron a elaborar vino.

—Y pociones mágicas —aportó Álex.

—He leído sobre los vinos layetanos del siglo I d. C. —Abril, a quien aunque apreciaba el encanto de Asterix y

Obelix le interesaba más la explicación histórica del doctor Turner, siguió el hilo del arqueólogo—. Son los antepasados de la denominación de origen Alella.

—Plinio el Viejo, en su libro sobre árboles frutales de su *Historia Natural*, dice que los vinos de la Layetana eran abundantes y brillantes —asintió Turner.

—¿Se ha fijado en el plano de Trevillés? La disposición de las casas y las calles no corresponden a la de un enclave romano de esa época.

—Puede que solo se tratase de un almacén, un lugar de paso, de refugio durante el invierno, para cambiar los caballos, dormir y comer antes de continuar la ruta. O quizá la planta original esté debajo y sea necesario excavar. O tal vez me lo esté inventando todo y el hallazgo no sea más que circunstancial, restos que un día fueron desplazados de su lugar de origen por alguna razón.

—Entonces ¿cuál es la importancia de las ánforas de mi abuela?

—Depende. —Turner sonrió como el gato de Cheshire cuando Alicia le preguntó qué camino debía seguir.

—¿De qué?

—De hasta dónde quiera llegar.

—No sé si le entiendo.

—Si leyesen en los medios de comunicación el titular «Descubierta la ruta del vino layetano más famoso del Imperio romano», ¿qué es lo primero que les vendría a la mente?

—Turismo vinícola.

—Eso es. En la actualidad, la ruta del vino romano no llega hasta aquí. Pese a la afluencia de los esquiadores de las estaciones cercanas y a los senderistas y ciclistas aficionados, Trevillés es un municipio en proceso de despoblación desde hace más de cincuenta años. Con probabilidad, desaparecerá del mapa en unos veinte o treinta años más. Pero ¿qué ocurriría si ese almacén romano que tiene usted en el jardín se promocionase como parte de la ruta vinícola de la Tarraconensis? ¿Y si se iniciasen las excavaciones y se recuperase la calzada romana que tal vez pasa junto a su casa?

—Se incluiría Trevillés en las rutas turísticas rurales y vinícolas. Revitalizaría parte de la economía de este lugar.

—Quizá sí o quizá no —concluyó satisfecho el doctor Turner. Se reclinó en la butaca, se atusó el bigote en una pausa dramática muy bien llevada y carraspeó antes de seguir con su explicación—. El interés del público es caprichoso y desconcertante. La excavación y la restauración llevarían años de tramitación de permisos, de provisión de fondos y de obras. Su abuela podría verse afectada por una expropiación patrimonial y la biblioteca correría peligro de desaparecer. Por no hablar del revuelo y las molestias que ocasionaría a todos los habitantes del pueblo. Aunque podría suceder que los expertos determinasen que no hay nada que excavar porque las ánforas están fuera de contexto.

—No creo que sea tan sencillo. Usted ha dicho antes que

las instituciones archivan estos hallazgos por falta de recursos —apuntó Álex.

Abril se puso en pie con la inquietud rondándole las tripas y expresó en voz alta sus dudas.

—El primer escollo a superar sería la notoriedad del descubrimiento.

—Disculpen... —El doctor Turner alzó un dedo para pedir la palabra, pero fue ignorado.

—¿Qué significa eso? —preguntó Álex al hilo de la frase de Abril.

—Lo que no se conoce no existe.

—Disculpen... —volvió a intentar el arqueólogo.

—Hacerlo público —aclaró ella.

Álex le guiñó un ojo.

—Qué pena que no conozcamos a ninguna publicista capaz de orquestar una campaña de visibilidad.

—Te recuerdo que me despidieron de la mejor agencia de publicidad del país.

—Y yo fui a la cárcel por delitos informáticos, pero no por eso dudo de mis capacidades profesionales.

—Disculpen...

—¿Qué? —se impacientó Álex.

—Hay un señor con una cara que me resulta familiar espiándonos desde la letra P de las estanterías.

—No estoy espiando —se indignó el Grinch al tiempo que se acercaba a ellos con un par de volúmenes en la mano y su acostumbrado mohín de desprecio en la boca—. Vengo a devolver dos de los libros que me llevé.

—Le resulta familiar por lo del saurópodo enfadado —confió Álex al doctor Turner en un aparte.

Abril aceptó los libros que el policía de Trevillés le tendía y lo miró con suspicacia mientras le preguntaba cuánto había oído de la conversación privada —y enfatizó lo de privada— que mantenían hasta que los había interrumpido.

—Esto es una biblioteca y en la puerta se especifica que está abierta de lunes a jueves, de diez de la mañana a una del mediodía. Tengo todo el derecho a estar aquí, y si no querían que los oyesen no haber hablado en un lugar público.

—Es una biblioteca privada.

—Abierta al público en horarios de mañana —insistió el Grinch.

—Pues si ya has devuelto los libros y no quieres llevarte ninguno más, que tengas buenos días.

—No hace falta que me eches, ya me iba... directo al ayuntamiento para contar a la alcaldesa tus planes para convertir Trevillés en un parque temático vinícola del Imperio romano.

—Nadie ha dicho nada parecido —se enfadó Álex dando un par de pasos en su dirección.

—No pienso discutir con una bibliotecaria tan... tan... alta —decidió no arriesgarse.

—Oye, Salvo... —Abril, que llevaba un par de minutos intentando recordar su nombre al darse cuenta de que había estado a punto de llamarlo Grinch, hizo un gesto concilia-dor—. No sé qué habrás oído, pero...

—Probablemente Trevillés esté construido sobre unos al-macenes en la ruta romana que llevaba los caldos de la Laye-tana a Marsella a través de los Pirineos, y luego a Roma tras distribuirlos por los aledaños del Ródano. Si se consiguen los permisos para excavar y el hallazgo tiene la importancia sufi-ciente, puede que el pueblo se convierta en destino turístico de interés y desaparezca la biblioteca con sus bibliotecarias.

—Lo que sería beneficioso para este lugar —añadió el doctor Turner, que parecía divertirse con aquella extraña si-tuación—. No me refería a las bibliotecarias, por supuesto, sino a todo lo demás.

—Lo que pondrá patas arriba la vida de este lugar —gru-ñó el Grinch—. No es una decisión que os corresponda, esta-mos hablando de un patrimonio cultural que no os pertenece.

—Pero esta es la casa de mi abuela.

—Tus tejemanejes arqueológicos afectarían a todo el pue-blo. La decisión no está en manos de un par de bibliotecarias y un esquivamaldiciones de tumbas inglés del siglo XIX.

Se podía decir muchas cosas, y ninguna alegre, del policía local de Trevillés, pero su buen ojo para reconocer el disfraz de Howard Carter del doctor Turner dejó a Abril mucho más impresionada que su recién descubierto afán por proteger la tranquilidad de los vecinos del pueblo.

—Siento haber ocasionado semejante revuelo para nada...

o para muy poco. No debería haberles dejado soñar en voz alta —se disculpó el arqueólogo cuando el airado Grinch hubo salido de escena como alma que llevara el diablo—. ¿Cómo es ese dicho que tienen ustedes en su tierra? Ese de la lentitud palaciega.

—Las cosas de palacio van despacio.

—Ese. Quiero que tengan en cuenta que el aviso del posible hallazgo de patrimonio romano que dimos Bárbara y yo hace años todavía languidece en los archivos sin digitalizar del museo y que es probable que aún no se haya involucrado al organismo gubernamental encargado de estas cuestiones. Mucho me temo que, aunque este pueblo decidiese seguir adelante con las excavaciones y presentara una instancia para agilizar su demanda, se tardarían años hasta conseguir la visita de los inspectores y las evaluaciones correspondientes. Y solo en el caso de que por fin la administración diese luz verde, se iniciarían los trámites para la expropiación, si fuese necesario, y las excavaciones.

—¿De cuánto tiempo estaríamos hablando?

—Depende de la importancia real que se otorgue a este hallazgo, pero por mi experiencia diría que de un mínimo de diez años.

El silencio meditabundo que siguió a la sinceridad del doctor Turner quedó interrumpido por la llegada de Rosa, que fue cortésmente presentada al arqueólogo y puesta al corriente de los descubrimientos de los últimos días con cierta cautela, pues todos entendían que su presencia allí obedecía a la visita indignada del Grinch que acababa de recibir en el edificio consistorial. El inglés, al que no se le escapaba la delicada esperanza de aquel pueblo, repitió sus advertencias sobre la importancia relativa del hallazgo, la lentitud de los trámites y de las pocas esperanzas que tenía de que el descubrimiento ayudase en la recuperación de Trevillés.

—Si esto fuese Estados Unidos —observó como colofón—, los norteamericanos no tardarían ni un año en montar un parque de atracciones de inspiración romana y un complejo hotelero con cata de vinos relacionado con el hallazgo, pero las cosas no funcionan igual aquí. La historia de Hispania es antigua y prolífica, y en ocasiones el presupuesto no nos alcanza para que nos importe lo suficiente.

—Odio dar la razón a Salvo, pero tendré que convocar un pleno del Ayuntamiento —decidió la alcaldesa tras escuchar con atención y meditar sobre las posibles consecuencias de la situación— para informar del hallazgo a todos los vecinos. ¿Me ayudaréis?

—Cuenta con nosotros —asintió Abril.

—Aunque no veo cómo esto puede cambiar sus vidas. Si no he entendido mal, en caso de que hubiese motivo suficiente para seguir adelante con la excavación, tardaría demasiado hasta que se pusiera en marcha. La mitad de los habitantes de Trevillés ronda los sesenta y pico años. Este pueblo se marchita, no le queda tiempo para ninguna esperanza.

Aunque no se atrevió a decirlo en voz alta, Abril pensó que ninguna esperanza ni ningún tiempo valían la pena si conllevaban perder la única biblioteca del pueblo. Si alguna vez imaginaba el fin del mundo, se le ocurría que empezaría justo así, viendo partir todos sus libros en cajas, como retazos empaquetados, silenciados y condenados a la oscuridad para que no despertasen la conciencia ni el pensamiento de ningún otro. Si la casa y sus libros se veían afectados por la excavación, nada quedaría del legado de su abuela más allá de su recuerdo. Era una forma egoísta de mirar el mundo, lo sabía, pues la memoria universal de lo que una vez fueron los cimientos de la civilización occidental prevalecía sobre la memoria del individuo; a no ser que fueras Napoleón Bonaparte y hubieses legado a media Europa un código de legislación tan meritorio que todavía siguiese vigente en su mayor parte.

Bárbara no se apellidaba Bonaparte ni sufría delirios de emperatriz mundial, pero tenía esa mirada clara y la voluntad férrea de quienes poseen la capacidad de mover montañas y la generosidad de los que aman sin condiciones. Su nieta la recordaría más allá de cualquier biblioteca, de cualquier refugio, pero nunca se perdonaría la responsabilidad de haber borrado del mapa el plácido transcurrir de un Trevillés que tan generoso había sido con ella.

Todavía no lo sabía, pero con el paso de los años Abril entendería lo cerca que estuvo de la felicidad absoluta durante los meses que vivió entre montañas, con todos aquellos li-

bros al alcance de la mano y tiempo casi ilimitado para leer-
los, con sus vecinos entrando y saliendo de la biblioteca,
dejando el recuerdo de sus palabras amables, sus risas, el olor
a galletas recién hechas y a chocolate, las chimeneas encendi-
das, el edredón de plumas, la selva al otro lado de la puerta de
Narnia y aquel ingeniero informático que la había arrastrado
hasta la cima de un altozano para mostrarle un refugio de tejados de pizarra negra.

La noticia de las ánforas romanas había corrido como la pól-
vora entre los amigos de Trevillés, pero Álex sospechaba que
Ángel había sido de los primeros en enterarse por cortesía del
policía municipal, como así le confirmó el propio farmacéutico cuando pasó por su casa sobre las nueve de la noche para
devolverle a Wolfie.

—Tanto esforzarme para que este pueblo no pierda los
servicios básicos y resulta que unos trozos de cerámica podrían conseguir todo lo que yo no he logrado.

—No te quites mérito, tú has hecho mucho más. Aunque
no sé si Rosa te ha contado que la posibilidad...

—Lo sé, lo sé, es muy remota y llegará demasiado tarde.
Pero cuando Salvo pasó por la farmacia a contármelo parecía
muy real.

—Respecto a Salvo...

—Es un poco difícil, aunque en el fondo...

—¿Tiene buen corazón? Entonces es un hombre de grandes contradicciones.

—No, sigue siendo más difícil todavía. —Ángel se rio. Lucía unas profundas ojeras, pero su jornada todavía distaba de terminar—. ¿Qué vamos a hacer con este chico? —Wolfie brincaba a su alrededor pidiendo un poco de atención y el farmacéutico lo colmó de caricias.

—Esta tarde he llamado al veterinario de Vielha, pero siguen sin encontrarle sitio.

—¿Qué te preocupa?

—¿Y si ya lo hubiese encontrado?

—Te gustaría que se quedase contigo —afirmó Ángel en lugar de preguntar—. Me alegra que hayas llegado a la misma conclusión que Wolfie y yo comentamos la primera noche que durmió en casa.

—La cuestión es que pronto me marcharé del país y no tengo claro si podré llevármelo. Ni siquiera sé cómo funciona lo de la adopción hasta que no sepamos si se ha perdido o qué.

—Encontrarás la solución, estoy seguro. Como dice William Goldman en *La princesa prometida*, los lazos del amor son irrompibles.

Al hilo de los lazos de amor, Álex estuvo tentado de volver a hablarle de Salvo y contarle sobre los gestos de cariño que dedicaba al farmacéutico cuando pensaba que nadie lo veía, de esas miradas tan raras que no había sabido interpretar hasta que juntó todas las piezas del puzle. Entonces cayó en la cuenta de que su paso por Trevillés era fugaz y de que no tenía ningún derecho a alterar el buen equilibrio de aquella comunidad pequeña y perfecta que vivía sin prisas en las faldas de una cordillera fronteriza.

Regresó a la biblioteca perseguido por la sombra de una nostalgia anticipada y encontró a Abril en su postura habitual bajo la manta amarilla, leyendo su tocho dickensiano. Preparó un par de tazas de chocolate caliente, se descalzó y se acomodó junto a ella. No se le ocurría otra manera mejor de explicar qué era volver a casa. El suave perfil de la bibliotecaria, enmarcado por sus rebeldes mechones castaños y el cuello alto de un jersey azul pastel bajo la luz de la lámpara de lectura, era seda tentadora.

—Abril.

—Chist. Estoy leyendo.

—Yo también —dijo mostrándole el libro de Goldman en una mano y la taza de chocolate en la otra.

—¿No te gusta *La princesa prometida*?

—Sí. Ahora mismo estoy en el Foso de la Desesperación.

—Bienvenido a mi mundo.

—¿Por qué no tenemos televisor?

—Porque tenemos libros.

—He estado hablando con Ángel, y coincidimos en que al leer *La princesa prometida* nos han entrado muchas ganas de ver la peli.

Abril dejó escapar un suspiro teatral antes de desenredarse de la manta y levantarse de un salto para cruzar el salón hasta las estanterías. Buscó en la penumbra la letra E y volvió al sofá enarbolando un libro.

—Tengo algo para ti. —Se lo lanzó al regazo, volvió a acomodarse con la manta, los cojines y Dickens, y dio un sorbo a su taza—. *Como desees*, de Cary Elwes.

—¿Cary Elwes es el actor que interpretó a Westley?

—Es el libro que publicó con las anécdotas del rodaje de la película de *La princesa prometida*. Sale Rob Reiner, el director; Robin Wright, Mandy Patinkin, André el Gigante e incluso Bob Anderson, el mítico campeón de esgrima que enseñaba y coreografiaba a Errol Flyn en sus pelis de aventuras o a Viggo Mortesen en *El Señor de los Anillos*, y que creó el que posiblemente sea el duelo de espadas cinematográfico más épico de la historia del cine, el de Íñigo Montoya y Westley sobre los Acantilados de la Locura. Te va a encantar, incluso más que un televisor.

—Muy graciosa. Lo leeré y me lo pasaré en grande, pero tú sabes que soy un hombre de pantallas. La pantalla es más poderosa que la espada.

—Son tiempos muy extraños, Horacio. Está bien, ¿si escucho tu propuesta me dejarás seguir leyendo *Grandes esperanzas* sin interrumpirme más?

—Puedes tener la más inmensa de las esperanzas de que así será.

—Adelante.

—Este viernes, en el club de lectura, veamos la película después de comentar el libro.

—No tenemos televisor.

—Traeré la pantalla grande de casa de Parvati y Jaume, la conectaré a mi servidor. Y haré palomitas.

—Mientras seas tú quien vaya a comprarlas al supermercado de la señora Lola...

—Chist. Estoy leyendo.

Simuló enfrascarse en *La princesa prometida* mientras ella regresaba a su Dickens, hasta que el reclamo de su hermoso perfil volvió a distraerlo. Olía a ropa limpia y a chocolate, a libro nuevo, a las notas florales de su champú, y pensó que le gustaría recordarla justo así cuando ya no estuviesen juntos, con las piernas cruzadas en el sofá, la cabeza inclinada sobre la novela, las mejillas sonrosadas por el calor del fuego.

—Estás triste otra vez —se le escapó en voz alta.

Abril lo miró, quizá sorprendida, quizá molesta, en todo caso irritada por otra interrupción.

—¿Por qué dices eso?

—Porque vuelves a ser graciosa pese a estar leyendo a Dickens.

—Todo esto de las vasijas de mi abuela me ha dejado descolocada —admitió—. Había conseguido dormir menos de doce horas, y no deseaba volver a quedarme inconsciente en cuanto abría los ojos y recordaba quién era y por qué estaba aquí. Ni siquiera me cuestionaba por qué sigo en esta preciosa biblioteca de madera enclavada en un pueblecito que apenas sale en los mapas. Había empezado a hacer planes lectores, a decidir con tiempo los títulos para el club de lectura, pensar en qué cocinar al mediodía o en salir a pasear contigo y con Wolfie alguna tarde.

—Nada ha cambiado.

—Esta mañana, cuando sugeriste que mi experiencia profesional como publicista podría poner en marcha una campaña para dar visibilidad a los hallazgos, me di cuenta de que era cierto, de que podía hacerlo. En cinco minutos, mi cerebro esbozó un plan a grandes rasgos para una campaña publicitaria.

—Lo dices como si fuese una maldición.

—Es que casi al mismo tiempo fui consciente de que no quiero hacerlo, de que no quiero volver a dedicarme a la publicidad. Ni que mi abuela pierda esta casa y todos sus libros se vayan a saber dónde.

—Sigo sin entender por qué eso es malo. Puede que sigas sin estar segura de lo que desees hacer en el futuro, pero al menos has descartado algo que no quieres continuar haciendo. Eso es un punto de partida. —Hizo una pausa para dar énfasis a su última frase y decidió contarle algo más—. Durante las primeras sesiones de mi terapia en prisión, el psicólogo me preguntó a qué dedicaría mi tiempo si tuviese todo el dinero que necesitaba para vivir sin trabajar. Cierra los ojos, piensa un momento y contesta con sinceridad a esta pregunta: ¿qué te gustaría hacer con tu vida si fueses rica?

Abril se reclinó en el sofá y reflexionó durante unos instantes antes de decidirse.

—Creo que me quedaré aquí para siempre, entre todos estos libros y esta buena gente. Me dedicaré a leer, a tomar té, a comerme las sobras de Parvati y a tumbarme en una hamaca en el jardín en cuanto llegue la primavera.

—¿Para siempre?

—¿Qué contestaste tú?

—Que no cambiaría nada, porque mi profesión era lo único que me motivaba lo suficiente para mantenerme más o menos cuerdo y encontrar sentido a la vida. No sabía que llegaría un invierno, en el que me mudaría a vivir a una biblioteca y me resultaría imposible entender lo vacía que había estado mi existencia antes de conocerte.

—No me tomes el pelo. —Abril se rio—. Yo estaba hablando en serio.

—Yo también, chica del cepillo.

14

El jueves en el que Abril terminó su chal se apoderó de ella el presentimiento de que no era lo único que había llegado a su fin. Sentada junto a la ventana, algo apartada de los demás, solo tenía que inclinarse un poco hacia un lado para ocultar su cara del círculo iluminado de la lámpara y que su expresión quedase en penumbra. Con la apacible charla de Las Tejedoras como música ambiental, remató el último punto y liberó las agujas a la vez que el ovillo de lana violeta salía rodando más allá de sus pies. Dejó la labor sobre el sillón y fue tras la lana fugitiva, que se desmadejaba a medida que se distanciaba de los amigos reunidos alrededor de la chimenea, como una metáfora pesarosa. Se arrodilló junto al alféizar de la ventana principal y rescató el ovillo bajo el enorme *Ficus lyrata* artificial que tanto la había desagradado la primera vez que Parvati se lo presentó como parte del mobiliario. A través de aquellas hojitas siempre verdes y lustrosas hasta la antipatía, la biblioteca le pareció un territorio nuevo y precioso. Hacía casi dos meses que su padre la había dejado al otro lado de la plaza con dos maletas y dos toneladas de piedras en el corazón, pero de alguna forma, acompañada de todos aquellos libros, le parecía haber vivido más intensamente que durante los últimos diez años. A medida que enrollaba la hebra fugitiva alrededor del ovillo violeta, repasó los recuerdos de las semanas anteriores en orden inverso a como habían sucedido, como si también estuviese devolviendo al ovillo del tiempo la hebra suelta de su pensamiento y hubiese empezado por el extremo equivocado.

El viernes anterior habían comentado *Dune*, de Frank Herbert, en la sesión del club de lectura y, para sorpresa de nadie, al Grinch no le había gustado en absoluto.

—Es que si son una familia tan poderosa, con contactos, y saben que están tendiéndoles una trampa, ¿por qué van a Arrakis? Hay que ser tonto. Por no hablar del abuelo torero, que ya me diréis qué pinta en el espacio sideral. Igual es un mensaje antitaurino y no lo he pillado. O el traidor, que va y se cree la promesa de los Harkonnen, como si esos tuviesen pinta de cumplir alguna vez su palabra. ¿Y qué es la especia? ¿Caca de gusano? ¿Y la minibruja? Me pone los pelos de punta.

—Pues a mí me ha parecido un clásico estupendo —había intervenido Parvati.

—Pero si es ciencia ficción.

—La ciencia ficción también tiene clásicos. Considero que es un buen ejemplo de lo mucho que agradezco el club de lectura porque a nosotros nunca se nos habría ocurrido escoger esta novela.

—A mí, seguro que no —masculló el Grinch.

—Estoy de acuerdo con Parvati. —Rosa salió en su defensa, y María y Jaume asintieron en el mismo equipo—. Así *a priori* no nos gusta la ciencia ficción, y mira qué gran clásico del siglo xx nos habríamos perdido por nuestros prejuicios hacia este género literario.

—Hay buenas y malas novelas en todos los géneros —apuntó María—. No sé por qué nos empeñamos en despreciar ninguno. La buena literatura no conoce fronteras.

—Como la estupidez humana —remató el Grinch antes de lanzar su ejemplar sobre el sillón y marcharse sin más explicación o despedida.

Ángel, que milagrosamente se mantuvo más o menos despierto durante una parte de la reunión, les había pedido que no tuviesen en cuenta el mal humor de Salvo, pues todavía seguía inquieto por el horizonte que había abierto la asamblea vecinal convocada por Rosa a principios de aquella misma semana sobre los hallazgos arqueológicos en el jardín de la biblioteca. El doctor Frederick Turner tuvo la amabilidad de volver para explicar la situación y, a instancias de Álex, que se había puesto pesadísimo con la logística, Abril había preparado una presentación en soporte informático con las ventajas y los inconvenientes de iniciar las excavaciones, así como los posibles y terriblemente dilatados periodos de tiempo que con toda probabilidad transcurrirían hasta que el museo y el organismo gubernamental correspondiente enviasen a los expertos a reconocer el terreno y las ánforas. Los vecinos de Trevillés parecían entusiasmados con la idea de adquirir un poquito de protagonismo mediático hasta que llegó el turno de ruegos y preguntas, la señora Lola levantó la mano y acabó con cualquier tipo de entusiasmo, incluso con el de seguir vivo.

Rosa, que había puesto fin a la reunión y de paso a la perorata interminable de la buena mujer del pelo rosa con el pragmatismo que la caracterizaba —dejando a Álex con la boca abierta con sus habilidades mágicas—, propuso una votación a mano alzada sobre volver a dar parte al museo al respecto del hallazgo o dejar las cosas como estaban. Abril dudaba entre quedarse al margen o pronunciarse en contra cuando el Grinch, con el ceño más marcado que de costumbre, si eso era posible, se levantó para exponer, con una pasión de la que carecía para la vida en sociedad, los argumentos que sostenían su férrea decisión en contra de seguir con el proyecto:

—Perderemos nuestra tranquilidad y nuestro modo de vida. Vendrán un montón de forasteros haciendo ruido, rompiéndolo todo, mirándonos por encima del hombro y hablándonos a gritos como si fuésemos paletos y no entendiésemos su exquisito refinamiento lingüístico. Serán jóvenes y querrán comer, beber cerveza, esquiar y dormir en algún sitio.

—Parece que esté hablando de un desembarco vikingo en lugar de una pandilla de arqueólogos y funcionarios —susurró Parvati.

Abril, que tras su intervención había vuelto a sentarse entre sus amigos del club de lectura, buscó la mirada de Álex, pero este seguía en el fondo de la sala con los portátiles, el proyector y el discreto encanto inglés del doctor Turner. Salvo remató su queja por todo lo alto:

—Los seguirá un circo mediático y Trevillés nunca más será la villa recóndita que es nuestro refugio. Nunca más.

—Un tercio de los ancianos que están hoy aquí son medio sordos y no han entendido casi nada de lo que se ha dicho —observó Jaume en voz baja—; otro tercio no tiene ni idea de qué es un arqueólogo, pero les apetece ver gente que todavía no esté jubilada paseando por el pueblo, y el resto adivina que, para cuando la administración envíe a alguien, ya no será su problema.

—Pero nosotros seguiremos aquí —dijo María mientras Rosa daba por terminada la reunión y agradecía a todos su presencia— y hemos votado a favor.

—Aunque sabemos que el salvavidas aparece demasiado tarde —opinó Parvati con un suspiro— y que quizá Trevi-

llés se haya vaciado del todo para cuando lleguen los arqueólogos.

—Eso si llegan. —Jaume, ya en pie y dispuesto a recoger las sillas plegables, había mirado a la bibliotecaria para que confirmase sus palabras—. Abril ha dicho que en la evaluación preliminar, Patrimonio puede decidir que el hallazgo no es significativo.

—Cierto.

—Pues a mí me ha impresionado —dijo Ángel.

—¿El hallazgo?

—¿La votación?

—¿El discurso de veinte minutos de la señora Lola?

—¿El PowerPoint de nuestra bibliotecaria?

—¿El dominio informático de nuestro otro bibliotecario?

—La reflexión de Salvo —los interrumpió Ángel—. No sabía que era un romántico.

Abril, que lo sospechaba desde que conocía los gustos literarios del Grinch, guardó silencio.

Los días se alargaban en marzo y por la tarde, de luz dorada y cielos que se deshilachaban en morado y rosa a medida que caía el sol, se había acostumbrado a caminar con Álex y Wolfie por el sendero del bosque. Había sido en uno de esos paseos vespertinos anteriores a la asamblea vecinal cuando el informático le confió sus sospechas sobre el enamoramiento de Salvo.

—No es que dude de tus impresiones, pero me parece muy extraño —le dijo ella tras meditarlo un momento.

—Sí que dudas.

—Para ser alguien que hasta hace muy poco pasaba más tiempo en la *deep web* que interactuando en el mundo real con personas de carne y hueso, me parece un logro que te hayas dado cuenta antes que sus amigos o él mismo.

—Augh —Álex simuló que se extraía una estaca del corazón.

Los paseos los habían ayudado a conocerse mejor, charlando sobre sus respectivas familias, sus pasados, sus inquietudes y miedos, sus fracasos y esperanzas. No pensaron en lo vulnerables que se volvían el uno para el otro al abrirse la puerta así, sin reservas, al no dejar apenas secretos enterrados entre los dos más que la verdad impronunciable del presente. Era más sencillo conversar allí, lejos del ruido y la contaminación de la ciudad, caminando uno junto al otro bajo los altos abetos y los alisos, por el sendero flanqueado por el boj y las aulagas todavía adormecidos, con la promesa de los brezales y el trigo silvestre al oeste y las montañas azules y blancas apoderándose de los horizontes, lanzando una rama corta a un perro feliz para que corriese a traerla de vuelta.

—Quizá Ángel ya lo sepa —había dicho Álex al fin.

—Lo siento, pero no logro imaginarme al Grinch declarándose. Ni siquiera soy capaz de asimilar que sus emociones sean humanas.

—Me dijiste que le gustan las novelas de Rosamunde Pilcher, una autora que maneja como nadie las emociones.

—La leerá como un manual para sociópatas que no quieren parecerlo, pero no está funcionándole demasiado bien. Una vez pregunté a mi padre por qué no leía *Crimen y castigo* —añadió con una sonrisa en los labios—. Me respondió que en su tiempo de descanso prefería no sentirse como si estuviese en la oficina. Así que me alegro de que Salvo no me haya pedido nada sobre Calígula o Jack el Destripador.

—No importa si le ha confesado que está enamorado de él o no —dijo Álex parándose un momento en el camino para hacer unas caricias a Wolfie por su pericia encontrando una rama corta marrón a la orilla de un bosque lleno de ramas cortas marrones—. Lo que importa es que lo está. —Entonces se irguió en toda su estatura y la miró a los ojos. Serio y casi en un susurro ronco que más tarde Abril pensó haber imaginado, añadió—: Hay cosas que existen aunque no las pronuncias en voz alta.

Fue Wolfie el que interrumpió el hilo de sus pensamientos y la devolvió al presente de aquel jueves de Las Tejedoras en la biblioteca. Aprovechando que seguía sentada en el suelo, bajo el ficus maldito, con el ovillo entre las manos, le apoyó el hocico con suavidad en una rodilla y la miró con aquellos ojos dorados limpios de culpa o de tristeza. Para él todo era principio. Lo acarició entre las orejas con precaución, después con verdadero deleite, y le sonrió.

—Quién habría dicho que tú y yo acabaríamos siendo amigos.

—Yo no —la sorprendió Álex encontrándola entre las hojas artificiales del *lyrata* como Stanley al doctor Livingstone entre la selva africana. Se sentó junto a ella con la espalda apoyada contra la pared, sus costados tocándose para contrarrestar el frío de la piedra—. Por un momento llegué a temer que te caerías de la escalera y aplastarías al pobre Wolfie.

—Te engaña la memoria. Tu lobo quería comerme.

—Se está bien aquí. —Sonrió.

—Una de las cosas que más me gustan de ti —se le escapó antes de que tuviese tiempo de pensar lo que estaba diciendo— es que en lugar de preguntarme qué demonios hago aquí, sentada en la penumbra con un ovillo violeta en una mano y las orejas de tu lobo en la otra, lejos de todos esos minicruasanes de jamón y queso, te sientas conmigo.

—Si echo a perder mi reputación que sea por una buena causa.

—¿Has terminado de leer *Emma* para la sesión del club de mañana?

—Sí, aunque espero que tu elección de ese título no sea una indirecta sobre los peligros de hacer de celestino con ciertos miembros del club, cuyos nombres no pronunciaré en voz alta porque todos nos están mirando y cuchicheando sobre la excentricidad de las bibliotecarias sentadas bajo la fronda de una planta gigante de plástico.

—No todos nos miran —dijo aceptando la mano que Álex le tendía para ponerse en pie—. Ángel está dormido.

Pero cuando Álex estaba a punto de soltarla con un comentario desenfadado al respecto, Abril no lo dejó ir. Reteniendo su mano, se acercó a él y aspiró disimuladamente el olor a algodón limpio y el toque suave de su loción de afeitado, como si quisiera asegurarse de que la memoria no le jugaría malas pasadas cuando recordase cómo era, cómo olía, el calor que desprendía aquel cuerpo paciente y fuerte de ingeniero de paso. Puso sobre su pecho la mano que le quedaba libre y se detuvo un instante en contar sus latidos, como si a partir de ese momento aprendiese a medir el tiempo a su compás.

—Todo parece tranquilo y en su lugar —pronunció temerosa de que se rompiese el mundo en el instante en el que se separasen—. Justo como ocurre siempre antes de que todo salte por los aires.

—Quería besarte —susurró él apresuradamente—. Aquel día, cuando subimos la colina para comprobar el trazado del almacén romano de tu jardín —aclaró—. Me gustas muchísimo. Quería besarte —repitió— para ver si funcionaba, si podríamos ser más que amigos. Aunque ya lo sabía. Lo sabía aquí y aquí —dijo señalándose la cabeza y después el pecho—. Y cuando te abracé, lo supe con todo mi ser.

Abril inclinó la cabeza sobre su pecho, apenas un segundo, sabedora de que tenían que separarse pese a todo, que de un momento a otro alguien se percataría de que no sonaba ninguna música aunque estuviesen tan cerca como para ponerse a bailar.

—Sentí lo mismo —confesó en un murmullo—, pero no puede ser. La cabeza tiene razones que el corazón no entiende. —Si su mundo se había puesto patas arriba, poco importaba citar del revés a Blaise Pascal.

—¿Sabes lo complicado que es encajar así con otra persona? Hemos empezado la casa por el tejado, conviviendo primero y enamorándonos después —dijo Álex como si pudiese leer sus pensamientos—. Pero todo está bien.

—Todo está bien excepto yo.

Antes de soltarse de su mano y volver al círculo alrededor de la chimenea para anunciar a todos, en un alegre tono fingido, que había terminado su chal de lectura, le pareció que él había estado a punto de protestar antes de dejarla ir.

Ajena a los presentimientos borrascosos de la bibliotecaria y al temblor en el pulso de su ingeniero cada vez que la tenía cerca, Parvati llegó puntual a la reunión del club de lectura del viernes con su ejemplar de *Emma* en el bolsillo del abrigo y una bandeja enorme de masala dosas, unas crepes enrolladas rellenas de cebolla, patata, lentejas, arroz y un montón de especias indias que, como Jaume afirmaba, no contribuían a prestar ligereza a un plato que podría haber dado problemas a la úlcera estomacal de todos los habitantes del pequeño pueblo en el que habían nacido los padres de su esposa.

Encontró a Abril en el jardín, arrebujada en su chal violeta. Con la melena suelta, el largo vestido de lana gris y las enormes botazas de Álex en los pies, parecía una desconcertada ninfa de jardín que hubiese intentado pasar por humana. No le sorprendería que cuando sus chicos volviesen a casa por las vacaciones de Pascua cayesen rendidamente enamorados de la hermosa bibliotecaria.

—Qué bonito ha quedado el jardín —la saludó.

—Hola, Parvati, ¿ya es la hora?

—Faltan quince minutos, todavía no ha llegado nadie.

—Castaños, rosales, groselleros, rododendros, narcisos y acónito. —Iba señalando cada árbol, cada planta y arbusto a medida que los nombraba—. Me temo que Álex, en un arrebato de entusiasmo con la motosierra, exterminó todo el boj. En su defensa, dijo que se había descontrolado al estilo de los zarzales más salvajes y amenazaba con invadirlo todo.

—Te acuerdas. —Parvati sonrió—. Y eso que parecías aturdida.

—No me esperaba una selva jurásica y me moría de ganas de irme a la cama con un libro. Pero también me acuerdo de que aseguraste que el jardín solo necesitaba tiempo y cariño, como algunas personas, y que fuiste amable conmigo y me hiciste sentir en casa aunque en esos momentos apenas me diese cuenta de nada.

—Todos nos sentimos perdidos alguna vez.

—No estoy segura de haberme encontrado todavía, pero cada día me gusta más este jardín. Cuando llegue el buen tiempo, saldré aquí a leer, con luz natural, rodeada de rosas y lo que quiera que sea que dé flores en todo ese verde de ahí.

Parvati, que se sentía algo culpable por desear de todo corazón que la bibliotecaria continuase allí cuando llegase la primavera, disimuló su contradictorio anhelo con un asentimiento mudo. Sabía bien lo poco que Trevillés podía ofrecer a los jóvenes y, como madre secuestrada por una añoranza perpetua, comprendía lo difícil que resultaba apartar los deseos egoístas y dejar volar a quienes todavía tenían tanto que ofrecer al mundo. Al rescate de sus remordimientos, porque para eso están las amigas, Rosa y María salieron al jardín e interrumpieron sus pensamientos culpables.

—¿Qué hacéis aquí con este frío? —las riñó la alcaldesa—. Habéis dejado la puerta abierta y se está helando toda la casa.

—¡Qué bonito ha quedado el jardín! Un poco despeinado, pero nada que una buena poda no pueda arreglar.

—Vamos adentro —las conminó Abril—. ¿Habéis leído la novela? ¿Os ha gustado?

Parvati que había leído todas las novelas de Jane Austen y se disputaban su corazón de lectora con la bibliografía de las hermanas Brontë, sacó su ejemplar y contestó:

—*Emma* es una de mis favoritas.

La bibliotecaria asintió. Parecía complacida y tranquila aquella tarde, quizá porque intuía que pisaba terreno seguro cuando propuso aquel título para el club.

—En una de las cartas de Jane Austen —explicó a las amigas—, la autora dice que está escribiendo una novela con una protagonista que no va a gustar a los lectores y que temía que la tachasen de frívola y consentida. La señorita Emma Woodhouse era una protagonista singular. A diferencia de Elizabeth Bennet, Fanny Price, Anne Elliot o Elinor Dashwood, es rica, no tiene más preocupaciones que las de su alegre vida social, no necesita casarse, es feliz mangoneando la vida de su padre e inventándose romances entre sus conocidos para entretenerse. Incluso hay quienes dicen que es un poco cabeza hueca. Pero Emma también tiene encanto; es alegre, muestra chispa y energía, toma la iniciativa y es lo suficientemente razonable y compasiva para enmendar sus meteduras de pata cuando Knightley se las señala y la riñe. Emma desea aprender, desea ser mejor persona por sí misma, no para pescar un marido o para agradar a los demás, sino porque desea de verdad ser la mejor versión de ella misma.

—A mí me parece loable —asintió Parvati—. Estar en paz con quien somos es primordial para reforzar nuestra autoestima.

Dispuso las bandejas de comida, supervisó a Abril y a Rosa mientras preparaban el té y descorchaban una botella de vino y escuchó paciente a María, que se quejaba de lo cansada que estaba, porque aquella semana apenas se había lamentado media docena de veces sobre lo lejana que se le antojaba todavía la jubilación. Sus amigas la miraban risueñas y ella desgranaba sus desgracias como propietaria de la única cafetería del pueblo cuando Ángel, Jaume y Salvo entraron en tropel perseguidos por una ráfaga de viento frío.

—Ep, no empecéis sin nosotros —les advirtió Ángel. A punto de perder el equilibrio al quitarse las botas junto a la entrada, el Grinch lo había sujetado por el codo.

Parvati se preguntó qué magia ejercería la biblioteca y su ninfa de jardín para conseguir lo que ella no había logrado en casi treinta años de matrimonio: que su marido se descalzase antes de entrar en casa. Movió la cabeza en muda desaprobación, volvió a llenar la copa de vino de María y los instó a que se diesen prisa.

—Venid aquí y dejad de quejaos.

—¿Habéis empezado sin mí? —se quejó Álex entrando como una exhalación con un Wolfie jadeante pegado a sus talones.

Dejó al perro junto a la puerta, bebiendo de su cuenco de agua, se quitó las botas y se lanzó al sofá junto a Abril, que a duras penas consiguió mantener en equilibrio su taza de té.

—Aprecio tu entusiasmo vikingo por Jane Austen, pero si me derramas el Earl Grey te mandaré de vuelta a la Torre de Londres.

—Nunca he estado —dijo sonriente antes de atacar una de las masala dosas porque Parvati acababa de recomendarles que las comiesen calientes.

—En la época de Austen todavía era una prisión —le advirtió la bibliotecaria.

Parvati se apresuró a ofrecerle la bandeja y, cuando consideró que todo estaba en orden, se sentó en una butaca a todas luces satisfecha. Aquellos dos siempre andaban juntos últimamente, como una extraña pero encantadora pareja de exiliados.

—Esta sí que es una lectura de tacitas de té —dijo con satisfacción.

—Como si *La princesa prometida* no lo fuese —disintió el Grinch con la boca llena.

Álex hizo un guiño a Parvati, cogió otra masala y una servilleta, y dio la réplica al policía gruñón:

—Pues a mí me pareció más de copas de vino envenenadas y duelos a muerte con espada.

—Exacto, de tacitas de té.

—¿Y *Dune*?

—Tacitas de té en el espacio.

—Con dos terrones de especia, por favor.

—No voy a preguntarte por *Drácula*.

—Es que la sangre se quita mal de la porcelana fina de las tacitas —los cortó María muy seria con su experiencia como barista.

Rosa, que había optado por una copa de vino tinto tras un día más largo de lo habitual en el ayuntamiento, se recostó en su sillón de orejas y asintió cuando Abril empezó la sesión del club con una introducción sobre Jane Austen y la crítica del siglo XXI sobre sus novelas a raíz de la etiqueta «novelas de tacitas».

—Dejé de leer opiniones sobre los grandes escritores que me gustaban porque me descubría indignada por lo que decían sobre ellos —confesó la alcaldesa—. Me molestaba que afirmaran de Austen que solo escribía sobre mujeres en busca de un marido, que *Cumbres borrascosas* era una novela de amor tóxico o que leer a Charles Dickens resultaba tan aburrido como contemplar una patata.

—Es más fácil criticar a escritores que ya están muertos porque les resulta complicado replicar. —Parvati se encogió de hombros.

—¿Y sus editores? —preguntó Abril.

—Más tranquilos. Si eres editor de un autor difunto sabes que la conferencia desde el otro mundo para darte la turra sobre los cambios en el manuscrito de su última obra maestra o sobre las ventas y la distribución le va a salir por un ojo de la cara. Los escritores suelen andar mal de fondos.

—Me refiero a si los editores no se enfadan cuando se habla de forma tan despectiva de los autores a quienes publican, aunque estén muertos.

—Me pregunto por qué la gente pone verde una novela en las redes sociales y etiqueta a su autor para asegurarse de que se sienta lo más miserable del mundo.

Parvati había lanzado la pregunta al aire, pero miraba de

reojo al Grinch. Dudaba de que perdiese su valioso tiempo en las redes sociales, pero de hacerlo, no le costaba imaginarlo como el malhumorado trol que solía ser en la vida real. Decidió contestarse a sí misma en vista de que los demás la miraban un poco desorientados:

—Será para que deje de escribir para siempre. O para que tenga un ataque de ansiedad y vergüenza, se reduzca considerablemente su esperanza de vida y le queden menos años para escribir.

—Tenemos problemas para escribir sin faltas la lista de la compra, pero nos creemos capacitados para criticar un clásico —reflexionó Abril.

—No sé, ahora todo el mundo opina sobre cualquier cosa y si no estás de acuerdo con su opinión se enfadan y te insultan.

—Supongo que siempre ha sido así, solo que ahora la gente hace más ruido.

—Por eso odio las redes sociales —sentenció Jaume muy serio.

Su esposa lo miró con los ojos muy abiertos y decidió no servirle otra copa de vino hasta contestarle:

—Tú nunca has tenido redes sociales.

—Porque las odio.

—Todos tenemos derecho a opinar —contemporizó Rosa bajando el tono de voz porque Ángel había vuelto a quedarse dormido—. El mismo derecho que tenemos a no escuchar las opiniones de los demás, sobre todo cuando son miserables y malintencionadas.

—¿Seguimos hablando de *Emma*? —gruñó el Grinch.

—Por supuesto. —Parvati estaba lanzada—. Fíjate en miss Bates y lo cruel que resulta que Emma opine así de ella en sus narices en el pícnic de Box Hill. No se lo merece, ella no tiene la culpa de ser solterona y pobre. —Pensó que, tal vez, Salvo sí que tenía la culpa de ser antipático y desagradable. Quizá ensayaba esa cara de limón en el espejo cada mañana antes de salir de su casa.

—A mí miss Bates me recuerda a la señora Lola —intervino Álex—. No es para encontrártela cuando tienes prisa.

La tarde transcurrió rauda, como sucede cuando se está a gusto y no resulta necesario medir el alcance de las palabras porque los demás te quieren justo así. A Parvati le agradó compartir con sus amigos su admiración por Jane Austen y observó con regocijo que, pese a que a ella le recordaba a lady Catherine de Bourgh por sus prejuicios y severidad, Salvo parecía identificarse con el personaje del señor Knightley. Se moría de ganas de comentarlo con las chicas, aunque dudaba de que alguna lo hubiese notado también, pues parecían demasiado relajadas, arrulladas al calor del vino y de la chimenea. Incluso Abril, que seguía con mucha atención las intervenciones de los miembros del club, siempre temerosa de no haber acertado en la elección de la lectura semanal, estaba ensimismada aquella noche. Cuando llegó el momento de anunciar la siguiente novela, Parvati la vio titubear arrodillada frente al baúl Saratoga, sopesando dos libros y decantándose al fin por un tercero. Casi al mismo tiempo que Abril les mostraba *Buenos presagios*, la puerta de la biblioteca se abrió dejando entrar una ráfaga de aire helado acompañando a Atticus Finch.

—Buenas noches —dijo con media sonrisa mientras se desabotonaba el abrigo. Daba la sensación de que se habría levantado cortésmente el sombrero si hubiese llevado uno—. Supongo que este es el club de lectura.

—Ya no hay más plazas —se apresuró a señalar el Grinch repasando de arriba abajo al recién llegado con su mejor cara de coadjutor victoriano.

—Oh, papá... —Abril suspiró.

Parvati se apresuró a recoger los ejemplares que a la chica se le habían caído de las manos con el sobresalto de la visita inesperada. Por el rabillo del ojo vio que Álex también se ponía en pie y se acercaba a la bibliotecaria con aire protector, como si el recién llegado tuviese algo de amenazador que a los demás se les escapase. Se preguntó si los nudillos blancos de sus puños apretados se debían a unas ganas incontrolables de atizar un puñetazo al pobre Atticus por haber interrumpido la reunión. Aunque, pensándolo mejor, el ingeniero tampoco parecía un entusiasta de Austen. No fue hasta que se incorporó con todos los libros entre los brazos y tuvo una mejor perspectiva de la escena cuando entendió lo que pasaba. Aunque no supo hasta unos días después que para Álex la visita del abogado significaba el fin de sus vacaciones del mundo y el inicio de un viaje que habría de llevarlo lejos de su bibliotecaria, en aquellos momentos, familiarizada con la impaciencia de su hijo mayor, Parvati supo que la tensión no era más que anhelo, el anhelo terrible y sincero de abrazar a la bibliotecaria y asegurarle que todo iba a salir bien.

15

Subió la escalera hasta su dormitorio con *Todas las criaturas grandes y pequeñas*, de James Herriot, apretado contra el pecho y la certeza de que dejaba atrás, en la biblioteca, los despojos de lo que un día fue su corazón. Le pesaba cada milímetro de piel con el lastre de la pena y la desesperación ajustándose al regreso de un dolor ya conocido y reciente. Su padre le había dicho que hablarían mañana tras pedir a Álex que se quedase para ponerlo al día de su situación. A Abril no le hacía falta nada más para entender por qué estaba allí. Leía la mala noticia en la incerteza color avellana de sus ojos de abogado resiliente.

No decían nada de esto en los libros, pensé cuando la nieve entraba soplando por la puerta, abierta de par en par, y venía a caer sobre mi espalda desnuda.

No leyó más que la primera frase antes de soltar la novela sobre el edredón, y el pensamiento, en el silencio y la oscuridad que era el mundo. Todo estaba a punto de cambiar, como en vísperas de una tormenta de nieve. James Herriot publicó sus primeras historias sobre su experiencia como veterinario en la campiña del norte de Inglaterra en los años sesenta del siglo xx, cuando ya había dejado muy atrás su experiencia en la Segunda Guerra Mundial. El encantador veterinario inglés había servido en la RAF y fue llamado a filas a los pocos meses de su matrimonio. Aunque sus breves notas biográficas ni siquiera lo mencionaban, Abril siempre se fijaba en las fechas que marcaban ese paso de la dicha más absoluta al infierno de la guerra. Sus novelas eran agradables y divertidas, con un punto excéntrico y alguna nota triste; no encontraba en ellas, ni siquiera en *Un veterinario en la RAF*, rastro alguno de dolor o miedo, como si el tiempo pudiese dejar atrás incluso los restos del abismo más terrorífico.

Pensar en el horror de la guerra y en la literatura como terapia le proporcionó una perspectiva menos trágica de su situación. Una amiga le había explicado una vez que Rudyard Kipling jamás se recuperó del espantoso golpe de perder a su hijo John en la Gran Guerra. Sus escritos irónicos y llenos de rabia sobre el conflicto se censuraron y su prosa fue cerrándose al mismo ritmo que su corazón. Junto con su esposa, Carrie, había puesto en marcha una iniciativa para enviar novelas al frente, ficción en formato de bolsillo que acompañase y entretuviese a los soldados, con la intención de salvarlos durante unos minutos del espanto que los rodeaba, conceder a sus mentes un descanso que los elevara por encima de las trincheras, que los acercase a casa. Nunca imaginó que fuese precisamente uno de sus títulos, *Kim*, el que salvase —literal en lugar de literariamente— a un joven soldado francés que sobrevivió a un espantoso ataque de artillería porque el ejemplar del título de Kipling que llevaba en el bolsillo izquierdo de su casaca detuvo una bala fatal. El autor lo supo tiempo después, a través de una carta que el joven le envió para explicarle su suerte y que había bautizado con el nombre de Jean a su primer hijo en memoria del John de Kipling.

Abril recordaba que mucho antes de que Europa pensase en aniquilarse, Rudyard y Carrie habían interrumpido su luna de miel con la noticia de la quiebra del banco en el que tenían depositado todo su dinero. A raíz de su revés económico, se instalaron en Vermont, en una casita de alquiler casi aislada en el campo —su Trevillés particular—, donde el autor escribió algunas de sus mejores obras y donde había acogido a Arthur Conan Doyle durante unas vacaciones de Acción de Gracias. Doyle les dio clases de golf para corresponder a la amabilidad de los Kipling y, desde entonces, cuando volvían a encontrarse, solían pasar un rato agradable disputando unos hoyos.

Del verdor de los bosques de Vermont a la oscuridad de perder a un hijo, del espanto de otra guerra brutal al silencio de la hermosa campiña inglesa para cuidar de los animales. El dolor resultaba ajeno porque había sucedido en otro siglo, en otra geografía, en otro idioma; como si el sufrimiento y la alegría no fuesen comunes a todos los seres del planeta, como si nunca pudiese tocarla en la misma medida por haber nacido en otro tiempo, en otra latitud. A Abril todavía le quedaba intacta la clarividencia, que tanto agradaba a su abuela, para discernir aquello que estaba en sus manos solucionar y lo que no. Comprendía su privilegio y sospechaba que sería la culpa la que la movería al fin. No había conocido de primera mano ninguna guerra ni podía imaginar el dolor de semejante pérdida, pero sí la terapia de abrir un libro para serenarse, para poner perspectiva y esperar sin prisas a que llegase el momento de volver a ir ahí fuera. Quizá no podía cambiar los acontecimientos que se avecinaban y que la empujaban de nuevo a la deriva, pero sí entender que no era el fin del mundo y que, aunque no aprendiese a jugar al golf con Arthur Conan Doyle en Vermont o visitara las granjas de los vecinos de Darrowby con James Herriot, tenía aquel pequeño valle a salvo entre montañas y silencio. No se había reconciliado con la mujer que fue una vez porque no quería volver a serlo. La desesperación no dura para siempre porque nada lo hace, ni siquiera el miedo.

El miedo no la había encontrado en Trevillés porque siempre había viajado con ella. Pero si algo había aprendido en esas últimas semanas, entre libros y la buena gente del lugar, era que había cosas peores que equivocarse, que perder el trabajo o la humillación autoinfligida. Cosas peores que la soledad, los enanitos de jardín, los pterodáctilos gigantes o que un lobo espere al pie de una escalera para devorarte en una noche sin luna. Algo peor que sentirse parte de la vida de un jardinero impaciente, leal, divertido, inteligente y noble y saberse en vísperas de perderlo para siempre. Quizá no fue tan inesperado entenderlo con tanta claridad, quizá llevaba tiempo siendo más que una sospecha, pero el sentimiento de pérdida era tan puro y temible que borró cualquier otra suposición. Esa fue su vigilia, hasta que el sueño acudió en su rescate y todo se fundió en un negro misericordioso.

Despertó con los habituales golpecitos en su puerta con los que Álex la avisaba de que ya había vuelto de correr y dejaba el cuarto de baño libre. Abrió las ventanas al frío de un invierno que se resistía a despedirse y consiguió reprimir las lágrimas hasta que estuvo bajo el agua de la ducha, engañándose a sí misma con lo mucho que escocía aquel maldito champú que se le metía en los ojos. Bajó a desayunar en calcetines de la rana Gustavo, con sus pantalones de franela grises favoritos, un jersey azul de lana suave con remates de encaje blanco y dos tazas de café. Abajo la esperaba su padre, tecleando en su portátil con la furia de las generaciones que no nacieron digitales, más verdugo a su pesar que juez o abogado. Aceptó agradecido el café, ensayó una sonrisa pequeñita, de las que no engañaban a nadie, y buscó la manera de empezar.

—Sé por qué estás aquí. —Abril acudió en su ayuda.

—¿Las dos razones por las que he venido?

Ella palideció un poco, pero asintió con los labios apretados. La consoló el aroma del café cuando respiró despacio para serenarse.

—He traído buenas noticias a Álex —dijo su padre—, pero me temo que las que te traigo a ti no te parezcan tan alentadoras.

—Ollivander & Fuchs ha decidido demandarme.

—Por prejuicio de imagen y por vulneración de la confidencialidad de los clientes.

Miguel giró el portátil para que ella pudiese ver la pantalla y fue abriendo y señalando documentos con el membrete del bufete de abogados de la empresa publicitaria. Le explicó la situación legal, los motivos de la demanda y el procedimiento a seguir durante lo que a Abril le pareció una eternidad. Cuando terminó, el café se había enfriado y tenía la sensación de que en ese tiempo podría haber leído *Guerra y paz* dos veces.

—Me he atrevido a pensar que me nombrarás tu abogado...

—Solo porque Sun Tzu está un poco muerto —lo interrumpió ella.

—... y he iniciado los trámites pertinentes.

—La parte contratante de la primera parte.

—Me alegra que te lo tomes con ese sentido del humor

que siempre me ha gustado tanto de ti y que hacía tiempo que brillaba por su ausencia.

—«Moriremos, al menos, vestidos de armadura». —Siempre había querido citar a Shakespeare, lástima que la ocasión le hubiese llegado en tan mal momento.

—No va a morir nadie, Abril. No es tan malo como pinta. Me centraré en que se desestime la demanda, tenemos muchas probabilidades de que ni siquiera acabe en juicio. Como te he dicho, la semana que viene solicitaré cita para que me dejen ver la documentación que presentan como pruebas.

—Que será mi correo electrónico al destinatario equivocado.

—Paso a paso —asintió él—. Esto se alargará y aunque no es necesario que me acompañes, a la abuela y a mí nos gustaría mucho que volvieses a casa.

—No tengo ninguna casa —dijo con su mejor voz de princesa desterrada—. Quiero quedarme aquí mientras sea posible. No soporto el ruido de la ciudad.

—Álex no va a quedarse contigo. Vendré a recogerlo en un par de semanas. Tiene una vista con la jueza, le levantarán la condicional. Creo que sus planes...

—Quiere irse a trabajar fuera del país, lo sé. Cada mañana se sienta delante de sus ordenadores y revisa las condiciones laborales en Toronto, en Tokio, en la Tierra Media y en Shangri-La cuando cree que no lo veo. A veces, le oigo hablar con su amigo Marcelo sobre si es mejor estar en nómina de una empresa privada o en la de un organismo gubernamental.

—Cuando vuelva para recogerlo, me gustaría que vinieses con nosotros. No quiero dejarte aquí sola, no creo que te haga bien aislarte todavía más.

—Tengo más vida social que antes. El club de lectura, el de Las Tejedoras, el aperitivo de la una... Por no mencionar las visitas del rencor del Grinch para llevarse libros; acaba de descubrir a Fannie Flagg tras devorar los de la señora Pilcher. No es que tenga que atender a un tumulto de lectores enfervorecidos cada día, pero la biblioteca es un lugar de paso. No estaré sola.

—Se puede seguir aislada rodeada de otras personas. Cerrada como una ostra empecinada y cabezota. Tengo que coger esta llamada —dijo tras mirar la pantalla de su móvil, que acababa de vibrar—, luego hablamos.

Abril aprovechó la interrupción para salir de la biblioteca en busca de un respiro, como si el aire limpio entre aquel mar de montañas pudiese reportarle algún consuelo. La vida en Trevillés no era más que una sucesión de estaciones en la naturaleza de un pequeño valle, ajena al resto del mundo, con su propio ritmo y sus manías. Como Tadfield de Abajo, el pueblo de Adán Young en *Buenos presagios*, la pequeña villa había permanecido casi intacta con el transcurrir del tiempo. No descartaba del todo que el Grinch, como Adán Young, tuviese algo que ver al respecto, y Ángel daba bastante bien en el papel de Azirafel, aunque a Parvati le faltaba chispa, gafas de sol y un Bentley hecho polvo para ser Crowley. La ficción no solo superaba la realidad sino que la hacía mucho más llevadera.

Saludó a María, tras los ventanales de su cafetería, con un gesto de la cabeza, y estaba a punto de cruzar la plaza en dirección a la casa de Parvati cuando un chasquido desacompasado de la madera seca al ser astillada amplificada en el silencio de la mañana la detuvo. Siguió el sonido hasta detrás de la biblioteca y encontró a Álex junto al camino que llevaba al bosque de alisos, cortando leña con un hacha sobre un tocón de serias proporciones. Fue el irritante pensamiento de que no era justo que todo se le diese bien lo que evitó que se quedase mirándolo con la boca abierta. Al menos, no demasiado tiempo.

—¿Qué? —En cuanto se percató de su presencia, el ingeniero bajó el hacha y se limpió el sudor de la frente con la manga de la camiseta.

—No sabía que partías leña.

—Alguien debe reponer los troncos si queremos seguir encendiendo las chimeneas por la noche.

—Ya, es que en Ravenclaw no lo hacemos así. Me refería a que no entiendo por qué sabes cómo hacerlo. Pensaba que la comprabas en el supermercado de la señora Lola.

—Tiene haces de leña, pero prefiero ir lo menos posible a su tienda; se me han acabado las aspirinas. Cultivaría los macarrones yo mismo si supiese cómo.

—Sé que te vas —lo interrumpió ella con un susurro ahogado.

—En un par de semanas —asintió.

Recogió la leña que tenía a sus pies, la colocó en una ordenada pila y dejó otro tronco sobre el tocón. Lo partió en dos con un solo golpe y se detuvo, indeciso.

—No tienes por qué quedarte aquí sola. Miguel me ha dicho que preferiría que volvieses a casa con él.

—¿Y tú?

—Probablemente la jueza suspenda la condicional.

—Te preguntaba qué preferías tú.

Se encogió de hombros antes de darle la espalda de nuevo, empuñar el hacha y cortar un par de troncos más para llenar el silencio entre los dos y el bosque. Abril sintió cada golpe sobre la madera seca retumbar en su estómago encogido. No llevaba ningún libro en el bolsillo izquierdo como protección.

—No quiero que te quedes aquí sola.

—Pero no es tu decisión —intentó no sonar desagradable.

—¿Qué tiene Trevillés que ofrecerte?

—Refugio.

—Algún día tendrás que volver ahí fuera y seguir con tu vida.

Quizá su vida fuese esto, aquí, ahora, ese preciso instante, se planteó temerosa de que se le escapara en voz alta. Quizá todo su universo no fuese más que un ingeniero con tendencia a creerse Robin Hood, prendado de un lobo de ojos dorados, un hombre bueno con ínfulas de jardinero y leñador, en el borde del *camí de la Caputxeta* de un pequeño pueblo fronterizo colgado entre el cielo, el verde y el azul de las montañas. Tal vez no quedaba nada más para ella que el temblor en la comisura de sus labios cuando se callaba lo que deseaba decirle, el movimiento preciso de aquellas manos firmes, la mirada sincera y rendida de quien no puede esperar pero espera, porque nada está escrito todavía excepto la grandeza de los clásicos. Cómo retomar el hilo de toda una vida cuando tus errores insisten en pasarte una factura que no puedes pagar y has descubierto que la única persona con la que te gustaría salir a caminar por el bosque está a punto de desaparecer para siempre.

—Jaume me enseñó —dijo él rompiendo el silencio. Parecía a punto de decir cualquier otra cosa, pero escogió el hacha, tal vez porque le pareció menos afilada que las palabras—. A cortar leña —aclaró—. Practiqué con él en el patio de su casa durante las primeras mañanas, las que tú pasabas durmiendo. No es fuerza, es técnica. Las piernas separadas y una sentadilla cada vez que descargo el hacha, por si falla, que la hoja se clave en la tierra y no en mi tibia, ¿ves? La mano dominante cerca de la cabeza, para controlar la dirección, la otra al final. En el momento del impacto las dos se juntan, así.

—Parece difícil —susurró Abril inmersa en la desesperanza.

—No lo es. —La miró a los ojos durante lo que pareció una eternidad antes de volver a inclinarse sobre el tocón para medir la distancia con su maldita hacha—. Lo difícil es pedir ayuda.

16

El doctor Frederick Turner volvió a Trevillés y ayudó a Rosa a rellenar los impresos correspondientes para comunicar de nuevo el hallazgo y solicitar una inspección del Museu d'Arqueologia de Catalunya y también de Patrimonio. En el despacho de la alcaldesa, la única habitación de la segunda planta de la que un día más glorioso fue la casa consistorial, convencieron a Abril para que les preparase instrucciones y una pequeña guía sobre cómo proceder para dar visibilidad al descubrimiento en el caso de que los expertos determinasen que el hallazgo de las cráteras M. Porci y la posible ruta y los posibles almacenes romanos tuviesen importancia histórica. La bibliotecaria no estaba segura de si le pedían que dejase el protocolo por escrito porque pensaban que pasarían años hasta que los arqueólogos se dignasen aparecer por allí o porque daban por hecho que ella se marcharía pronto. Prefirió no preguntar y salió a llamar a su abuela, dejando a solas a Rosa y al doctor Turner con sus maquiavélicos planes de futuro para Trevillés. No tuvo la sensación de que fuese el principio del fin de aquella villa tranquila al margen de la historia, pero como solía ser un desastre con los presentimientos se lo guardó para ella misma.

—Me siento tan estúpida —confesó a Bárbara cuando esta le preguntó cómo estaba después de recibir las malas noticias sobre la demanda—. Papá se muestra estoico y optimista, y tú eres tan increíble, con tus jardines y tu arqueología, tu romance secreto y tu té de jazmín, y esta biblioteca maravillosa, y la gente tan amable de Trevillés. Estoy rodeada de personas fabulosas, felices y encantadoras de las que no he aprendido nada en absoluto. Personas que no tiran su vida por la borda enviando campañas publicitarias de miles de euros de una empresa a su competencia ni se dedican a lloriquear después. Pensé que aquí estaría a salvo de todo ese ruido, de la furia de la ciudad y de sus desquiciados urbanitas, pero lo único que he conseguido es sentirme todavía más rara y patética.

—Lo raro es único y hermoso —dijo su abuela.

—Lo mío es raro en el sentido de imbécil y pretenciosa. No soy bibliotecaria, no soy arqueóloga, no soy una buena compañía para nadie y he tenido que atravesar trescientos kilómetros y dos puertos de montaña para entenderlo.

—Está bien.

—Nada está bien, abuela. Acabo de salir de lo que queda del ayuntamiento, tu doctor Turner ha venido para ayudar a la alcaldesa con los trámites de Patrimonio. Después de todo, puede que pierdas tu casa, y será por otro de mis méritos.

Lo soltó todo de carrerilla y respiró hondo, por primera vez más ligera desde que su padre había interrumpido la última sesión del club de lectura como si la novela de Terry Pratchett y Neil Gaiman tuviese el poder de invocar a los espíritus afines a G. K. Chesterton.

—Está bien —repitió Bárbara—. Está bien que sepas todo lo que no eres. Ahora deberías empezar a pensar en lo que sí eres, aunque sea por descarte.

—Me cuesta pensar con claridad. ¿Te acuerdas de mi cerebro congelado?

—Pero estamos en primavera, ya ha llegado el deshielo.

—Aquí todavía no.

—Debe de ser por la altitud —bromeó—. Te ayudo: eres valiente, quejica, atormentada, buena y generosa. Pero sobre todo eres mi nieta..., y estás muy cerca de sobrepasar mi paciencia con la autocompasión y el victimismo. Puede que las cosas no hayan salido como esperabas, no vas a ser una reputada publicista con un Oscar al mejor anuncio.

—Un León.

—Por Júpiter, pensé que estabas en el Pirineo y que como mucho te cruzarías con una oveja o una vaca. ¿En qué safari andas metida?

—Abuela, el León es el trofeo que se entrega a los mejores publicistas del Festival Internacional de Cannes.

—No me interrumpas, que pierdo el hilo.

—Decías que las cosas no me habían salido como esperaba.

—Sería el colmo del aburrimiento que hubieses diseñado un plan de vida y lo estuvieses cumpliendo con exactitud.

—Sé que intentas darme una colleja por teléfono para que deje de compadecerme de mí misma y me dé cuenta de lo afortunada que soy.

—Lo cierto es que solo quería preguntarte qué libro estás leyendo y si han florecido mis rosales silvestres.

—*Buenos presagios*, para el club de lectura, y *Todas las criaturas grandes y pequeñas*, pero todavía sin rosas.

—¿Cuándo vas a volver?

—No lo sé, abuela. Acabas de decirme que deje de hacer planes.

—Te he dicho que seas inteligente, y la inteligencia es la capacidad de adaptarse al cambio. Sé flexible y haz el favor de volver.

—Qué flexible por tu parte.

Álex anunció durante uno de los aperitivos de la una en la cafetería de María que se marchaba de Trevillés a la semana siguiente. Como nunca había dado detalles sobre su pasado delictivo, prefirió explicarles que había aceptado un nuevo trabajo en la ciudad.

—¿Y la biblioteca podrá seguir abierta con una sola bibliotecaria? —preguntó el Grinch, la antena parabólica siempre puesta, a medio camino de la puerta con un periódico en una mano, una cerveza en la otra y la empatía en la Atlántida.

—Ahora que todo está organizado, no habrá problema.

—Era una pregunta retórica —resopló—. Soy el único usuario, no creo que vayáis a morir de estrés.

Porque las malas noticias siempre vuelven, esperaron a que se sentase fuera, bajo el pórtico, y se parapetase tras su diario antes de reanudar la conversación.

—Te echaremos de menos, Álex —dijo Ángel proponiendo un brindis para desearle suerte en su nuevo trabajo.

Parvati, emocionada, se levantó para darle un abrazo y un sonoro beso. Faltaba menos de un mes para las vacaciones de Pascua y se la veía radiante, feliz por anticipado con el regreso de sus retoños. Sus amigas aprovechaban la menor ocasión para tomarle el pelo al respecto de la vuelta de los hijos pródigos.

—Esperamos que puedas venir algún fin de semana o durante las vacaciones.

Álex intercambió una mirada fugaz con Abril, pero no dijo nada. Los dos sabían que la distancia que iba a poner entre Trevillés y su nueva vida no alcanzaba para un fin de semana. Turbado, ocultó su expresión a los demás inclinándose bajo la mesa con la excusa de comprobar que Wolfie no hubiese volcado el cuenco del agua.

—Os echaré de menos. Sobre todo a Salvo —bromeó todavía evitando el contacto visual.

—Reconoce que te lo has pasado bien en Trevillés —lo animó Jaume.

—Echaré de menos tus tutoriales sobre la motosierra y el hacha, las samosas de Parvati, los ronquidos de Ángel y salir a correr cada mañana sin ahogarme con el humo de los tubos de escape de medio millón de coches. Echaré de menos el aperitivo de la una y el club de lectura de los viernes, pero el de Las Tejedoras me parece que no. No he sido capaz de terminar la bufanda, y cada vez que la miro se me antoja una especie de Frankenstein de punto.

Abril lo observó con la sombra de una sonrisa en los labios y levantó el botellín de cerveza en su dirección.

—Me alivia que no todo se te dé bien —brindó.

—Dijo la chica que ha terminado su chal.

—¿Qué vas a tejer ahora? —se interesó Parvati.

—Nada. Me sentaré a ver qué tejéis los demás.

—Ni hablar de eso, que seguro que lo haces por tener las manos libres para zamparte toda la pizza.

—¿Esta semana hay pizza?

Pensó con alivio, por ese principio grabado a fuego en su ADN de no hacer daño a los demás, que no parecían afectados en exceso por su marcha. Quizá nunca lo habían visto como parte de la comunidad de Trevillés o quizá comprendían que Abril y él solo estaban de paso, como si fuera imposible enamorarse de ese silencio, de esos cielos limpios, de los bosques y el valle, los tejados negros de pizarra con sus chimeneas humeantes, las noches de nieve, el aire perfumado de pino y aulagas, los gigantes rocosos en cualquier horizonte. Le pesaba despedirse de aquella buena gente que lo había aceptado con amable generosidad y simpatía pese a saber que era ave de paso. Pero no estaba en su naturaleza arrepentirse de nada, y el recuerdo de aquellos aperitivos, de la *master class* de leñador, de Las Tejedoras y el club de lectura lo acompañaría junto a la memoria indeleble de la chica del cepillo.

Para Álex fue como si Abril ya se hubiese marchado un poco, adelantándose a su partida, como si hubiera empezado a alejarse antes de quedarse atrás y se hubiese olvidado de despedirse. Mantenían abierta la biblioteca en el horario pactado, lo que la obligaba a levantarse por las mañanas, pero a menudo encontraba una excusa para no bajar a cenar y quedarse luego leyendo juntos en el sofá o para salir a pasear con él antes del anochecer, y si lo acompañaba, guardaba un silencio pesaroso, excepto cuando se adentraban en la tierra segura de los libros.

—He terminado *Buenos presagios*. Creo que ha sido mi lectura preferida del club. —También era la última, pero eso prefirió callarlo.

Atravesaban el bosque de alisos y abetos por el *camí de la Caputxeta*, con Wolfie adelantándose hasta perderse de vista y regresando para agasajarlos con sus cabriolas, alegre del reencuentro aunque no hiciese más de un par de minutos que los había perdido de vista. Todo era verde alrededor y la tierra arcillosa del camino seguía húmeda. A lo lejos, las cumbres más altas del Aneto, del Besiberri y el Tuc de Colomèrs seguían majestuosamente coronadas de blanco. Las palabras de Álex se quedaron en suspenso, en ese contraluz suave del sol poniente de una tarde de marzo.

—¿Eres más de Pratchett o de Gaiman? —preguntó al fin ella.

—No había leído a ninguno de los dos con anterioridad, así que no sabría decirte.

—Los fans de Pratchett aseguran que las partes más aburridas de *Buenos presagios* las escribió Gaiman y los fans de Gaiman dicen que es justo al revés.

—Cómo si tuviese alguna parte aburrida.

—Es genial de principio a fin y la mires como la mires —asintió Abril—. Desde el Bentley circulando por Onagra hasta los Ellos y Perro. Aunque mi favorita es Agnes la Chalada.

—¿Por sus Buenas y Acertadas Profecías? A mí me parece una maldición saber qué va a ocurrir. Prefiero que nada sea seguro.

Lo dijo sin pensar, distraído, mientras se incorporaba tras

acariciar a Wolfie y le lanzaba un palo lo más lejos posible para mantenerlo ocupado. Se dio cuenta de que Abril se había quedado callada, y cuando se dio la vuelta para encontrarse con sus ojos grises lo conmovió que pareciesen un poco más húmedos que de costumbre.

—Pero hay algunas cosas que sí lo son —susurró la hermosa bibliotecaria.

Álex tuvo que hacer acopio de los restos de voluntad que le quedaban para adelantarse unos pasos y silbar a un despistado Wolfie, con la excusa de que se había salido del camino, para no sucumbir al deseo de besarla.

Cuando llegó el viernes y todos estuvieron acomodados y listos para el club de lectura, Álex apenas dormía cuatro horas cada noche y se dedicaba a deambular como alma en pena por el jardín, engañándose a sí mismo con su supuesta preocupación por el parterre de rosas silvestres para no ceder a la tentación de encender el portátil y recuperar antiguas malas costumbres. Tras dar muchas vueltas a su legalidad, honradez e inquietud por la sostenibilidad y el planeta, así como a su horario flexible y respetuoso con la conciliación personal y laboral, por fin había dicho que sí a una empresa, y no contárselo a Abril lo hacía sentir culpable. Contempló los rostros afables y felices de sus compañeros de lectura, evitando el ceño del Grinch, e intentó concentrarse en lo que estaban diciendo.

—Me hace gracia que el Infierno cuente con Estados Unidos para acabar con el mundo —comentaba María sin soltar el cuenco de las aceitunas. Eran sus favoritas y estaba un poco harta de que Jaume se las comiese todas—. Porque, si lo pensáis, planearon que el matrimonio americano se llevaría al bebé anticristo.

—Supongo que por la potencia nuclear —aventuró Parvati.

—Qué originales —se quejó el Grinch—, como si lo de la Guerra Fría fuese una novedad.

—Lo más triste de todo es lo que dice Crowley al principio de la novela, que siente que los demonios son superfluos porque la humanidad ya se encarga ella solita de torturar y aniquilar a sus semejantes. Incluso los planes del fin del mundo son superfluos; total, ya estamos cargándonos el planeta nosotros solos sin ayuda de nadie...

—Entonces ¿diríais que *Buenos presagios* es una tragicomedia?

—Es una fantasía humorística.

—A mí me parece una blasfemia —saltó el Grinch con su alegría habitual de enterrador victoriano de Whitechapel.

—No sabíamos que eras creyente.

—No lo soy, pero me gusta sobresaltaros.

—Fíjate, hay algo que le gusta.

Álex, a quien le pesaban las horas sin dormir, o las dos copas de vino blanco de aquella noche o la ligereza de quien sabe que sus días con el Grinch están contados, no se cortó un pelo:

—¿Y qué me dices del rollito que se traen Azirafel y Crowley?

—¿Por qué me preguntas a mí? —Salvo lo miró suspicaz.

—Porque igual te suena.

—De nada.

—¿Cuál creéis que es el mensaje final de la novela? —preguntó Abril. Seguramente no entendía a qué venía ese intercambio de preguntas, pero Álex la conocía lo suficiente para entender que trataba de evitar que se enzarzase en una discusión con el Grinch. A la bibliotecaria le daban alergia los enfrentamientos desagradables.

—Que los humanos no somos ni buenos ni malos, solo humanos —contestó María.

—Que todos somos una pandilla de demonios, excepto las bibliotecarias, por supuesto —le aseguró Álex.

—Por supuesto. —Abril sonrió.

Pero el Grinch no se había dado por aludido y volvió a la carga.

—¿Por qué nos has hecho leer este libro? ¿Qué aporta?

—Humor —saltó Parvati al rescate—. El humor es esencial en nuestras vidas.

—Sí que lo es —asintió Abril—. La esperanza no es lo último que se pierde, es el humor. Cuando perdemos la capacidad de reírnos de nosotros mismos es cuando no queda esperanza alguna para nosotros.

—No veo que los hermanos Karamazov se rían de sí mismos —insistió el Grinch.

—Sabes que son personajes de ficción, ¿verdad? —se enfadó Álex.

A su lado, Ángel le dio un toque en el brazo y movió la cabeza con disimulo para que lo dejase correr. La bibliotecaria cogió al vuelo lo oportuno de sus palabras para lanzar una nueva cuestión que ignorase las insidiosas intervenciones de Salvo.

—Ahí quería llegar yo: ¿qué aporta la ficción? ¿Qué sentido tiene la literatura?

—Ocupar mucho espacio en casa. —Jaume se rio.

—Y en nuestras cabezas —apuntó María—. Cuando leo a John Connolly no puedo dejar de pensar en Charlie Parker, en Angel y en Louis, una no puede evitar el deseo de que les salga algo bien aunque sea solo una vez en sus lamentables y espantosas vidas.

—Te entiendo, es como con *Nicholas Nickleby*, que después de cerrar el libro te gusta imaginar a Nicholas y a Kate tomándose un helado, a la salud de su miserable tío, en Battersea una mañana radiante de primavera —dijo Abril—. Todos tenemos una respuesta distinta para esa pregunta. A mí me gusta pensar que la literatura, contarnos historias ficticias los unos a los otros, es lo que nos hace humanos. Los primeros *Homo sapiens* se sentaban alrededor de una hoguera cuando oscurecía, y me gustaría pensar que, además de explicarse cómo les había ido el día o dónde podían recolectarse las mejores bayas del Neolítico, se contaban cuentos.

—¿Para qué? —volvió a la carga el incansable Grinch.

—¿Para qué lees, Salvo? —le preguntó Abril con calma.

—Para matar el tiempo.

—«Si conocieras al Tiempo tan bien como yo lo conozco no hablarías de matarlo» —dijo la bibliotecaria citando al Sombrero Loco de *Alicia en el País de las Maravillas*—. «¡El Tiempo es todo un personaje!».

—Leemos para viajar, para evadirnos, para aprender, para vivir otras vidas —asintió Parvati casi como si estuviese hablando para sí misma.

Al terminar la sesión, el valle se había sumido en la oscuridad y a Álex se le había quedado pequeña la biblioteca para dar rienda suelta a su inquietud y malestar. Pensó que el aire frío de la noche lo ayudaría a apaciguarse y decidió a acompañar a Ángel y a Wolfie a casa ignorando los rayos láser aniquiladores de la mirada del Grinch. Se despidieron del resto del grupo bajo el pórtico de la plaza y se encaminaron hacia la casa de dos plantas que el farmacéutico habitaba a las afueras del pueblo.

—Salvo te ha sacado de tus casillas esta noche —comentó Ángel en cuanto estuvieron lejos del alcance de cualquier otro oído.

—Llevo unos días algo susceptible y Salvo no es sopa de pollo para el alma que digamos.

—Hay que saber llevarlo. Tiene sus cosas buenas. No me mires así. —Se rio—. Lo digo en serio. Es un poco...

—¿Antipático? ¿Borde? ¿Sociópata? ¿*Groupie* de Jack el Destripador?

—Iba a decir difícil en el plano social.

—Creo que está enamorado de ti —soltó de golpe—. Lo siento, no quería decírtelo así, a bocajarro, pero he visto cómo te mira.

—Tranquilo, ya lo sé. Y hablaré con él en cuanto me sienta preparado. Pero solo con él.

Álex lo miró con admiración.

—Qué forma tan educada de decirme que me meta en mis asuntos.

—No te lo tomes a mal. —Ángel se rio de nuevo. Parecía tan cansado y amable como siempre—. Oye, Rosa me ayudó el otro día a encontrar las disposiciones de la comunidad autónoma sobre el protocolo de adopción de animales abandonados. No está muy clara cuál es la situación de Wolfie, porque no tiene chip y nadie lo ha reclamado, pero Rosa y yo creemos que el protocolo que se ajusta a su caso es el de perro perdido o abandonado sin identificación. Siendo así, es necesario publicar tres anuncios de aviso en el boletín del Ayuntamiento de Vielha con una semana de separación entre ambos, ingresar un mínimo de veinte días en un refugio para animales, pasar una revisión veterinaria y entregarlo al adoptante, si lo hubiese, debidamente castrado. Estuve hablando con los veterinarios de Vielha que lo atendieron cuando lo encontraste, y estamos de acuerdo en que podemos pasar de los veinte días en el refugio que exige la ordenanza porque los más cercanos están a tope y porque yo tramité el papeleo de casa de acogida cuando lo desparasitaron y de eso hace más de dos meses. Puse los anuncios correspondientes en el Boletín Oficial de Vielha durante tres semanas consecutivas y nadie ha respondido por él. Además, Wolfie ya ha sido esterilizado, así que lo único que queda pendiente es que te pases por Vielha para rellenar los papeles de adopción.

—Vaya —empezaba a entender por qué el Grinch adoraba a ese hombre—, has estado ocupado. No sé qué decir.

—Que estarás feliz de llevártelo contigo, espero.

—No sé qué opinará Wolfie, ¿qué me dices, muchacho? ¿Te apetece formalizar lo nuestro?

El perro lanzó un alegre ladrido por toda respuesta, se dejó abrazar y alcanzó a propinarle un par de lametones antes de que Álex pudiese evitarlo.

—En un par de días nos acercamos a Vielha y lo formalizamos —dijo Ángel con una sonrisa tras abrir la puerta de su casa y dejar pasar al perro—. Por cierto, ¿se lo has preguntado a Abril?

—¿Si le parece bien que Wolfie se venga conmigo?

—Si ella quiere irse contigo.

—No hace falta, ya me ha dicho que se queda en Trevillés.

—No es que la bibliotecaria se haya perdido y necesite una familia nueva, pero me parece muy presuntuoso por tu parte pensar que no es necesario preguntarle si le gustaría acompañaros a Wolfie y a ti adondequiera que vayas a empezar de nuevo. Puede que no sea tan observador como tú, listillo de los ordenadores, pero si hay algo que no hace falta es que te pregunten a ti si quieres irte acompañado de ella.

17

Álex no tenía ni idea de cómo preguntar a la chica del cepillo si le apetecía seguir leyendo sus tochos dickensianos en otro sofá que no distase miles de kilómetros de él, pero sí que sabía dónde iba a preguntárselo. Sabía que Abril tenía cuestiones pendientes que resolver, le había dicho que no estaba bien, pero no le había dado calabazas en el sentido estricto del término y, como la esperanza es fuerte incluso en los lugares más recónditos de los Pirineos, pensó que no perdía nada —pues poco le quedaría lejos de ella— si le proponía acompañarla mientras se recuperaba de sus heridas. En connivencia con Parvati, que convenció a Abril para que fuera con ella a Vielha a comprar, disponía de la casa para él solo hasta el anochecer. María le prestó una mesa pequeña y dos butacas de mimbre con cojines, que colocó en el centro del jardín, junto a los parterres de rosales silvestres y el misterioso acónito, y Rosa hizo la vista gorda cuando lo vio aparecer por el ayuntamiento y llevarse las luces navideñas de las que una noche, que parecía ya tan lejana, había despojado al enorme y señorial abeto de la plaza. Qué difícil le resultó engalanar los castaños del jardín con ellas y qué sencillo había sido descolgarlas sobre una escalera con una bibliotecaria abrazada a su espalda y los alegres ladridos de Wolfie esperándolo abajo. Le pareció que cerraba un periodo extraño y único que, pese a su brevedad, le había dado justo lo que necesitaba para coger impulso y salir volando.

No fue capaz de encontrar un mantel ni servilletas que no fuesen de papel, pero a cambio dio con una botella de vino tinto cubierta de telarañas en las profundidades más remotas de los armarios de la cocina y dos platos de porcelana rosa cuya fecha de fabricación podría haberse remontado a la creación del mundo, en la época de la invención de la señal wifi. Cuando Abril llegó cargada con las bolsas del supermercado, la ayudó a guardar un alijo de supervivencia que la mantendría a salvo de la señora Lola por lo menos tres semanas y le pidió que bajase con él.

—Pero no me he quitado el abrigo.

—No es necesario. Ven.

Abrió para ella las puertas de Narnia y contempló con atención su rostro para no perderse el momento en el que las luces de Navidad iluminaron sus ojos grises y su boca se curvó despacio en una sonrisa. Entendió a qué se referían sus madres cuando preparaban algo especial para los tres y le aseguraban, medio en broma medio en serio, que estaban creando recuerdos, una historia juntos, una memoria preciosa y única que habría de sostenerlo en los momentos más oscuros tantos años después.

—Nunca pensé que diría esto del asilvestrado jardín de la biblioteca, pero lo diré: está precioso.

—¿Hace demasiado frío para que cenemos fuera esta noche?

Abril se dio la vuelta, lo miró a los ojos y volvió a sonreír.

—Todo está bien. Gracias.

—Excepto por tu saco de dormir.

—No te preocupes, no me impedirá comer macarrones con queso.

—Habría preparado solomillo, pero pensé que el saco de dormir te dificultaría la movilidad de los brazos para cortar la carne.

—¿De dónde has sacado esta botella de vino?

—Yo también soy arqueólogo. Creo que se le ha borrado la inscripción M. Porci por su antigüedad ancestral. Sé que son imaginaciones mías y que no estás mirándome con desconfianza. Si quieres que lo pruebe yo primero, sin problemas, he leído *La princesa prometida*.

Incluso el viento del norte había dado tregua esa noche al jardín para que todo quedase en paz, tranquilo y perfecto. La iluminación suave de las luces del castaño lo envolvía todo en un halo de irrealidad, como si aquel verde domado y la bibliotecaria pertenecieran a otro momento más feliz, más amable, distinto. Así era el mundo, una colección insólita de contrastes que a menudo ocultaban los tesoros más pequeños.

—¿Por qué brindamos? —preguntó su Zelda particular.

—Porque la carretera está despejada de nieve y la ambulancia solo tardará veinte minutos en llegar y hospitalizarnos por envenenamiento.

—Un poco largo, pero me vale.

—Buenas noches, chicos —los sobresaltó Parvati irrumpiendo en el jardín con su acostumbrada vitalidad y su no menos acostumbrada tartera—. Pasaba a ver cómo estaba todo. Oh, qué bonito. —Echó una ojeada admirada alrededor, y como no encontró sitio en la pequeña mesa para depositar la tartera se la tendió a Álex—. Os traigo el postre, aunque no sabía... —Se interrumpió al darse cuenta de qué contenía la fuente que ocupaba tanto sitio en la mesa—. ¿Macarrones? ¿Te curras toda esta puesta en escena tan increíble y cocinas macarrones?

—Es un rollo sentimental.

—Si me lo hubieses dicho, os habría preparado algo rico. No me importa.

Jaume apareció en el umbral de Narnia con cara de cansado y su camisa de cuadros favorita; seguir el ritmo a su esposa no debía de ser tarea fácil.

—Parvati, ¿vienes o qué?

—Entra a ver lo bonito que ha quedado el jardín.

—Que aproveche —los saludó el hombre—. Qué bien has podado los groselleros, verás cuando empiecen a dar frutos. Puedo enseñarte a hacer mermelada.

Álex asintió sin saber qué decir, le incomodaba un poco que aquel par hubiese entrado en escena, sentía que lo habían sorprendido en un momento íntimo. Como si pudiese leerle el pensamiento, Parvati se apresuró a despedirse de la pareja y se encaminó hacia la salida empujando a su marido delante de ella y medio regañándolo por no respetar la intimidad de los vecinos.

—¿Por dónde íbamos? —Álex suspiró con media sonrisa cuando dejaron de oír la arenga de Parvati alejándose por la plaza.

—Brindis. Llamar a la ambulancia.

—Por la chica del cepillo. —Alzaron sus copas un segundo antes de arrepentirse de su osadía—. Puaj.

Medio atragantados por el espantoso sabor del vino, tosieron un poquito y estallaron en carcajadas. Quizá sí que era un caldo M. Porci, solo que en el siglo equivocado.

—Si has escogido este vino para que tus macarrones parezcan una obra maestra de la gastronomía por comparación, lo has conseguido.

Álex cogió la botella de vino para ponerla bajo la tenue luz de los castaños, hizo otro intento por leer la etiqueta enmohecida y se dio por vencido. La sonrisa en los labios de

Abril se quedaba allí, prendida de un mohín suave, sin subir hasta sus ojos de un gris ensombrecido. Había llegado el momento, poco le quedaba por perder pues el vino estaba agrio, la chica triste y los macarrones fríos.

—He firmado un contrato con un banco como responsable de seguridad informática. —La primera frase fue la más difícil. La dijo de un tirón, sin respirar. Después todo fue saliendo con más calma—. Ya sé que la palabra «banco» suena fatal, pero es un proyecto innovador basado en un modelo de economía justa, si es que eso es posible. Se dedica a microgestionar las finanzas de pequeñas empresas medioambientales y sostenibles y a invertir, sin intereses de rendimiento, en proyectos similares. Han sufrido ataques con regularidad y necesitan una buena infraestructura que los proteja de intrusiones.

Parecía algo aturullada por la charla TED que acababa de soltarle, pero mantuvo una sonrisa pequeñita y valiente cuando lo felicitó por haberse decidido.

—Allá vas, a cuidar de ellos. —Levantó su copa de nuevo, pero se lo pensó mejor y la apartó.

—Tienen un proyecto muy interesante, si no se corrompe, diría que hasta optimista. Sé lo que estás pensando.

—¿Que este vino es más horrible de lo que esperaba?

—No, lo otro. Que no hay banco bueno.

—No te juzgo. Si te han escogido después de que hicieses pública la corrupción de Segursmart es porque estáis del mismo lado, del lado de los buenos. ¿Tienes dudas?

—Siempre, pero no sobre aceptar esta oferta. Creo que Nueva Zelanda me sentará bien.

—¿Nueva Zelanda? ¿Tu empresa está en Nueva Zelanda? —Se sobresaltó.

—La oficina principal está en Wellington, la capital, al cabo de la isla Norte, a orillas del estrecho de Cook que lo separa de la isla Sur.

—Muy cerca del agujero de la capa de ozono.

—Tu optimismo me conmueve.

—Sabía que querías irte, pero no tan lejos.

—No tenía ningún país en mente cuando empecé el triaje de ofertas. Pero después de este tiempo en Trevillés...

—Te hemos causado una gran impresión, ¿eh?

Anunciado por un ladrido alegre, Wolfie entró al trote en el jardín y se abalanzó sobre el ingeniero segundos antes de que su ángel custodio apareciese.

—Disculpad la interrupción —los saludó el farmacéutico—. Parvati me ha dicho que os encontraría en el jardín como un par de románticos desafiando el frío. Te traigo los impresos que te faltaban para la adopción de Wolfie —dijo a Álex—. Te los he dejado en la mesa de la entrada. Rosa se ha ofrecido a hacer los trámites a través de la valija municipal, así no tenemos que desplazarnos hasta Lleida.

—Gracias, Ángel. Mañana mismo los relleno y se los llevo a Rosa.

Un ruido sordo, como una avalancha de libros cayendo al

suelo —que era exactamente lo que parecía, como estaban a punto de descubrir—, los interrumpió. Abril fue la primera que corrió adentro, temerosa de lo que pudiese ocurrir a su tesoro. Pero lo único que ocurría era el Grinch con una pila respetable de libros entre los brazos y media docena más desparramados a sus pies.

—La biblioteca está cerrada, no puedes pasar. —Abril parecía enfadada.

—¿Qué eres? ¿Gandalf? —contestó Salvo, fiel a su humor habitual.

Álex dio un par de pasos hacia él con muchas ganas de explicarle dos cositas sobre lo inoportuno de colarse en casas ajenas a la hora de la cena, pero Ángel llegó a tiempo para sujetarlo.

—Prefiero hablar con la otra —añadió con rapidez el intruso. Podía ser borde y maleducado, pero no se le había escapado la expresión de furia del ingeniero—, con la que no parece la bibliotecaria de los Peaky Blinders.

—No puedes entrar fuera del horario de la biblioteca —repitió Abril un poco más calmada.

—Solo quería devolver unos libros y llevarme otros, ya que pasaba por aquí.

—No funciona así. Vuelve mañana y lo registramos en el sistema de préstamos.

—¡Pero si la bibliotecaria de los ordenadores se va!

Aunque hubiese preferido que le cortasen los dedos índice y anular con los que clicaba sobre el ratón antes que reconocerlo, Salvo había caído en algo que a él se le había pasado por alto: los equipos informáticos de la biblioteca eran los suyos; si se los llevaba, Abril se quedaba con un montón de libros y ningún sistema de préstamo. Puede que solo el Grinch continuase siendo su único usuario, lo que facilitaría que el movimiento de libros que entraban y salían pudiese registrarse con métodos artesanales como un lápiz y un papel y cantidades ingentes de paciencia, pero no pensaba dejar a su bibliotecaria preferida sumida en la edad de la escritura cuneiforme.

—Salvo, vámonos, es tarde —intervino Ángel con ese tono que parecía tener el poder de amansar a las fieras y neutralizar a la señora Lola—. Buenas noches, amigos. Siento la interrupción.

El poder del amable farmacéutico no alcanzó para arrancar una despedida al Grinch, quizá para eso eran necesarios tres alineaciones de planetas, dos eclipses, el fin del calendario maya y un apagón mundial, pero al menos Álex tuvo la satisfacción de acompañarlos hasta la puerta y cerrarla con llave en cuanto la pareja cruzó el umbral. Apoyó un momento la espalda contra la madera, cogió aire, salvó la distancia que lo separaba de Abril a toda prisa, antes de que cualquier duda se apoderase de su voluntad, antes de que a alguien más se le ocurriese pasar por la biblioteca para dejar impresos o postres o buenos deseos o cualquier otra maldición, y la besó.

Fue un beso apresurado y torpe que se serenó en cuanto recaló en un puerto largamente anhelado. Un beso breve, tentativo, que pedía permiso hasta que ella se repuso de la sorpresa y se lo devolvió. Un beso que creció hasta convertirse en una declaración de principios, en una promesa, en el final del camino. Álex pensó que jamás podría soltarla, que el mundo se acababa lejos de su abrazo.

—Ven conmigo —susurró todavía en el umbral de sus labios.

—¿A la otra punta del mundo?

Fue ella quien dio un paso atrás y los separó, devolviendo a la vida todos los relojes del mundo. Tenía la mirada llena de una tranquila desesperanza, como si supiera de antemano lo que él iba a pedirle y que nada cambiaría después.

—Sé que es egoísta por mi parte, pero no logro imaginarme cómo podría empezar una vida nueva tan lejos de aquí y que tú no estuvieses en ella con tus Dickens y tus Brontë, con tus Pratchett y tus Fforde.

—¿Te acuerdas de todos los autores de los que te he hablado? —preguntó ella conmovida.

—Primero busqué en Google que estuviesen muertos o, en su defecto, que ninguno de ellos viviese en Oceanía. Lo único que sé escribir son líneas de código y no pienso arriesgarme a tener competencia.

—Sabes que no puedo irme. No dejaré solo a mi padre lidiando con las consecuencias de mis errores.

—Y crees que quedándote aquí, inmóvil, escondida del mundo, lo solucionarás.

—No puedo irme contigo, Álex, no así. Te mereces a alguien que esté entera y presente, sin asuntos pendientes, sin tristezas viejas.

—Entonces me quedo —dijo con sinceridad.

—No lo consentiré. Vuela. Tú ya has pagado tus deudas, ahora me toca a mí.

—¿Cómo puedo ayudarte?

—Ya lo has hecho.

Esta vez fue ella quien lo besó y ya no quedó esperanza alguna a la que aferrarse. Ni siquiera cuando subieron la escalera a trompicones, enredados, tropezando entre besos y caricias, camino de un dormitorio que habrían de compartir como el sofá de lectura, un abrazo a media colina o un baile sin música junto a un ficus de plástico.

Miguel Bravo llegó cinco días después a recoger a su cliente, y si le sorprendió el silencio que compartían los dos habitantes de la biblioteca, se guardó de hacer ningún comentario al respecto. Esperó paciente a que Álex cargase el coche, desvió la vista cuando su hija y el ingeniero se abrazaron durante tanto tiempo que parecía que iba a acabarse el mundo y a él le saldría barba otra vez aunque se hubiese afeitado esa mañana. Tampoco comentó nada en absoluto cuando tres mujeres estupendas, un leñador, un pálido boticario con gafas y bata blanca inmaculada y una señora de pelo rosa a la que todo el mundo parecía ignorar los despidieron emocionados al pie de la plaza y un husky siberiano se metió en su coche dispuesto a adornarle la tapicería con un montón de pelo que habría de estar limpiando hasta el día de su jubilación. Cerró el porta-maletas, se puso al volante y salió de Trevillés con la terrible sospecha de que no era el único que dejaba en aquel pueblo, en aquella biblioteca, lo más preciado de su corazón.

18

Fue una primavera gélida, como hacía años que no se había visto en los Pirineos, la que retuvo el blanco de las montañas a cotas bajas y demoró el deshielo hasta principios de junio. Entonces se desataron pletóricos todos los torrentes, ríos, arroyuelos, afluentes, torrenteras y regatos del valle, y por doquier se oía la música del agua y de la piedra y de las primeras cosechadoras. El paisaje cobró vida, despertando del hielo inmóvil, siguiendo el ritmo salvaje de los caudales que bajaban de las montañas despertando los bosques, arrastrando impurezas, insuflando verdor a su paso. Las tres amigas, que habían incluido a Abril en sus concilios más allá de Las Tejedoras o del club de lectura, creyeron que había llegado el momento de llevarla de excursión al Saut deth Pish, la cascada más bonita de la comarca. Tomaron prestado el coche de Jaume, llenaron el maletero con cestas de pícnic, esterillas y mantas, y emprendieron los veinte kilómetros de pista forestal estrecha y llena de curvas con un desnivel espantoso hasta coronar el Pla d'Artiguetes. El mareo y el miedo a ser despeñadas por los ciclistas que bajaban en sentido opuesto a toda velocidad merecían la pena solo por contemplar el hermoso paisaje hasta el lago de Varradós y el bosque de Siesso.

Aparcaron el coche en una pequeña explanada antes de subir al lago cargadas con todos los bártulos, y Abril las dejó allí, instalándose en la orilla, cotorreando sobre la ensalada y los bocadillos y aquella inusual primavera que tanto se había hecho de rogar. Presa del encanto del lugar, del lago que reflejaba las nubes, de la neblina levantándose allá lejos, entre las montañas francesas, los caballos salvajes pastando un poco más arriba, subió por la pasarela que se asomaba a la cascada del Saut deth Pish y se dejó envolver por el agua pulverizada que caía con una fuerza sobrecogedora. Después de tanto silencio, oír su rugido, sentir el agua en la cara depositando perlas diminutas sobre su cabello y limpiando su alma fue como si ella también despertase con el deshielo tardío.

Desde que se quedó sola en Trevillés, se había construido con meticulosidad unas rutinas a las que se ciñó como si de ello dependiese su supervivencia. Mantuvo los horarios de sueño y de la biblioteca, las caminatas al atardecer y los aperitivos de la una. Ángel pasaba a charlar un rato antes de abrir la farmacia, tras haber atendido a sus pacientes en la consulta del dentista o haber asistido de secretario a Rosa en el ayuntamiento o de enfermero con el doctor Martín. Parecía menos cansado desde que había empezado a salir con Salvo, y agradecía a la bibliotecaria con su sonrisa deslumbrante, con ramos de flores silvestres recogidas en el *camí de la Caputxeta* o con una botella de vino blanco que fuese la única en todo Trevillés que no le preguntase qué demonios veía en el malhumorado policía.

—No es más que una coraza —solía contestar—. Os sorprendería saber cómo es en realidad.

—¿Maleducado y tenebroso?

—¿Lúgubre y miserable?

—¿Aburrido y gruñón?

—Me impresiona vuestro vocabulario, pero ni os acercáis.

—¿Y por qué no nos lo cuentas? —lo animaba Parvati.

—Porque entonces tendría que mataros.

El Grinch, cuyo humor no se había suavizado ni un ápice pese a haber iniciado una relación con el hombre por el que llevaba suspirando a saber cuánto tiempo, había abandonado las novelas románticas por las de detectives y pasaba por la biblioteca cada quince días para lanzarle con desprecio los títulos de Agatha Christie que ya había leído y llevarse los de Arthur Conan Doyle, los de Dorothy L. Sayers o los de Ngaio Marsh. Abril temía que al igual que había leído a Pilcher y a Flagg para conquistar a Ángel, estuviese documentándose con Sherlock y lord Peter Wimsey para cometer el crimen perfecto. Por si acaso, se aseguró de que no hubiera pasajes subrayados o esquinas dobladas en alguna página en particular de los libros retornados y se dispuso a releer *Un cadáver en la biblioteca*.

Las tardes en las que no había Tejedoras ni club de lectura, María y ella se instalaban en el salón de Rosa para zampar palomitas y ver series coreanas. Entre capítulo y capítulo de *Romance is a bonus book*, *Crash landing on you*, *El amor es como el chachachá* o *Propuesta laboral*, comentaban el delicado romanticismo de las tramas, la fabulosa piel de los actores, la fruición con la que disfrutaban de la comida o la posibilidad de organizar un viaje a Seúl para la primavera siguiente. Parvati le llevaba tantas tarteras a la biblioteca para que almorzase como una persona en lugar de como un escritor decimonónico de Grub Street que al final llegaron a la conclusión de que sería más sencillo que Abril fuese a comer a su casa, con la condición de que después se quedase a tomar el té y leyesen juntas la novela del club que tuviesen entre manos esa semana.

En Pascua llegaron los hijos de Parvati revolucionando todo Trevillés con sus amigos, su energía y sus risas. Pese a la diferencia de edad, hicieron buenas migas con Abril y solían dejarse caer por la biblioteca para que les recomendase novelas que no leerían hasta muchísimos años después, cuando los agobiasen sus trabajos y la vida en general y de pronto recordasen que en el pueblo de sus padres, una primavera, una simpática bibliotecaria de ojos grises les prometió algunas horas de asueto de la mano de Kipling, de Hope o de Stevenson. Por las tardes, ocupaban la plaza con interminables partidos de fútbol, y fue la primera vez que Abril vio a los más ancianos del lugar sentarse en la terraza de la cafetería para no perderse ni un solo encuentro. María les sacaba sus sillones de mimbre más cómodos, les ofrecía mantitas para las piernas y melindros con chocolate para el alma. Allí pasaban la tarde, en parejas, en pequeños grupos, regocijándose del fin del invierno, cotilleando, guiñándose un ojo cuando hablaban del único policía del pueblo, ese que andaba de novio con Ángel; qué buen partido era el farmacéutico, se merecía mucho más, pero qué iba a hacerse, en estos tiempos era difícil simpatizar con los de la aldea vecina, y antes de que viniese un turista francés y se lo llevara al otro lado de las montañas o un *trekking* de esos de la ciudad, mejor el malhumorado municipal que un forastero. Comían sus melindros con fruición y relamían hasta la última gota del delicioso chocolate a la taza mientras los jóvenes, esa especie en extinción en Trevillés, seguían dándole al balón, gritando, riendo, reverberando su alegría sobre los tejados negros. Cuando regresaron a sus clases en la ciudad, Trevillés se quedó más vacío que nunca, contando junto a Parvati los días que restaban para las vacaciones de verano.

Un par de veces por semana, Jaume o Ángel le prestaban el coche para ir hasta Vielha y echar una mano con los encargos de los vecinos, además de hacer la compra. Se sentía culpable por no poner un solo pie en el supermercado de la señora Lola hasta que Rosa le aseguró que se mantenía a la perfección antes de que ella llegase al pueblo y que seguiría allí, tan campante, mucho después de que se fuera. Aunque los fines de semana y los días festivos se llenaba de esquiadores, senderistas y románticos exploradores victorianos equivocados de siglo, Vielha también era un lugar agradable para pasear, con su iglesia de Sant Miquèu reconstruida tras los bombardeos de la Guerra Civil, el río Nere cruzando la población bajo sus pequeños puentes al encuentro del Garona, las calles de piedra, los tejados de cuento y nieve. Fue en una de esas visitas cuando se equivocó al aparcar el coche y se dio de bruces con el gabinete de psicología. Puede que entrase siguiendo un impulso o puede que una señal, quizá porque se había rendido a la evidencia de que no tenía ni idea de cómo seguir lidiando con toda aquella rabia, ansiedad y frustración que la había perseguido desde que metió la pata en Ollivander & Fuchs y el mundo se fundió a negro. O, tal vez, reunió el valor suficiente para entrar en la consulta y pedir ayuda a la doctora Martínez por el recuerdo de una noche sin luna en la que un ingeniero impaciente había vuelto para acompañarla a casa y le había dicho bajito que nadie se salva solo.

Allí pasó una hora y media cada semana, y después cada quince días, contando a aquella mujer benevolente y sabia, que jamás la juzgaba, un montón de estupideces y miedos. Hasta que el iceberg de su tristeza fue emergiendo de las aguas que lo arropaban y Abril le explicó bajito sobre su culpa; porque no entendía qué derecho tenía a sentirse así por un trabajo cuando vivía a salvo de los grandes monstruos del mundo: la guerra, el hambre, la enfermedad y el abandono. Había minimizado sus emociones tan bien mientras luchaba por hacerse una carrera en la agencia de publicidad, había ejercido tanta presión para empaquetarlas pequeñas en un rincón olvidado de su mente, que se sintió vencedora. Hasta que la ansiedad ocupó todo el espacio restante. El silencio de Trevillés le había devuelto la calma, pero la ausencia de ruido le había permitido oír claro y fuerte, por primera vez en mucho tiempo, el rumor soterrado de su tristeza.

—Dime el título de tres libros que te hayan hecho sentir bien —le había pedido la doctora Martínez cuando Abril le confesó que su lugar feliz era la literatura—, que te hayan permitido respirar tranquila bajo el agua.

—*Villa Vitoria*, *Una temporada para silbar* y *Fresas silvestres* —contestó ella sin pensarlo demasiado—. Podría nombrarle muchos más.

—¿Qué crees que tienen en común esos títulos?

—No estoy segura —contestó al cabo de un momento—. Fueron escritos por autoras y autores que no aparecen en el canon de Bloom. Me refiero a que no se los considera grandes literatos o intelectuales y, sin embargo, supieron entretener a sus lectores y transportarlos a un lugar mejor, más optimista, cuando el mundo parecía derrumbarse alrededor.

—Como un salvavidas.

—Quizá eran unos incautos, pero pensé que su concepción de la literatura, simple y cotidiana, podía servirme para encontrar migas de felicidad en mi día a día. Ofrecían lucecitas de esperanza entre los acontecimientos más sencillos del día en el contexto temporal de una guerra o de una crisis económica devastadora. No disiparon la oscuridad que se cernía sobre sus lectores, pero regalaron horas preciosas de descanso y multitud de pequeños momentos felices. Puede que a mi alrededor todo siguiese oscuro cuando cerraba esos libros, pero mi mirada había cambiado y era capaz de distinguir las luciérnagas que volaban en la noche cerrada.

La doctora Martínez no creía en la terapia de los libros, pero sí en los salvavidas que mantenían a flote a sus pacientes mientras los arrastraban las aguas feroces del deshielo. Confiaba en la capacidad de sus pacientes, incluso en la de los más despistados, para poner en palabras el dolor y la pena y encontrar de nuevo el camino. Una vez pronunciado en voz alta el nombre de la bestia, resultaba más sencillo comprenderla, abrazarla, darle las gracias por el aprendizaje y dejarla ir. Porque, como bien sabía Bram Stoker, son los monstruos ocultos en la oscuridad más cerrada los que dan más miedo.

Junio había devuelto la voz a la cascada más bonita del valle, deshaciendo con sus dedos cálidos el manto de nieve de las montañas, descubriendo el verde y la tierra oscura, y la había encontrado allí, con la mirada desbordada por el paisaje y casi en paz con sus demonios. Quedaba pendiente la demanda judicial como un nubarrón oscuro en el horizonte y la ausencia de un ingeniero y su lobo como la neblina que tocaba, delicada y suave, cualquier recuerdo. La había llamado una sola vez, al poco de marcharse, y había sido tan extraño e incómodo, tan triste y forzado, que Abril prefirió quedarse con el recuerdo de sus días en Trevillés e imaginarlo lejos, en Nueva Zelanda, paseando por los acantilados sobre el estrecho de Cook, suspendido entre las dos islas. Lo echaba de menos a la vuelta de cada esquina de la biblioteca, cuando abría la puerta de Narnia y se sentaba en el jardín a leer con luz natural, siempre que contemplaba las hermosas estanterías de madera y los lomos de colores y se detenía en la D de Dickens, o en la S de Sanderson, o en la G de Goldman o en cualquier otra letra de ese abecedario de la nostalgia. Su recuerdo la acompañaba, pero no como una pérdida dolorosa sino con la tranquilidad de quien sabe que ha hecho lo correcto al dejarlo marchar porque ninguna felicidad soporta el peso de la culpa y el miedo. Aunque esa vez resistió el impulso de enterrar el móvil entre el acónito, lo silenció. Prefería recordar el fin de su relación con aquel beso de despedida que detuvo el tiempo y le devolvió la cordura, que no dejarla agonizar entre pausas incómodas y reproches a través de un teléfono. Álex llamó media docena de veces más sin recibir respuesta, y después solo quedó el silencio y un millón de pequeños recuerdos con los que tropezar a cada instante por la biblioteca.

Las chicas llevaban un buen rato llamándola cuando al fin oyó el silbido de Parvati, legado de un padre y un hermano pastores, por encima del rugido del agua. Dirigió una última mirada de anhelo a aquella naturaleza desbordada de la que había formado parte durante algunos minutos, se sacudió las gotas del pelo y de la cara y corrió a reunirse con sus amigas a orillas del Varradós. Se sentía tan ligera que tuvo miedo de tropezar ladera abajo y arrancar a volar por ese cielo limpio que ya no dolía.

—Estábamos comentando *Matar a un ruiseñor* —le dijo Parvati mientras le tendía un minicuenco con ensalada de tomate y orégano y un vaso de limonada.

Las cuatro se habían sentado alrededor del mantel abarrotado de fruta, panecillos, bandejitas de queso y encurtidos, termos y servilletas, sobre las esterillas que las protegían de la tierra húmeda. El Varradós, de aguas inquietas y crecientes por el deshielo y las lluvias recientes, reflejaba las volutas celestes del cielo y se mecía rítmico en pequeñas olas que llegaban hasta la ribera.

—Dejad algo para el viernes, que tenemos sesión. —Abril sonrió.

—La novela está ambientada en 1936, y Harper Lee ya

metía caña al sistema educativo público de su país —apuntó Rosa sin hacerle caso.

La alcaldesa estaba guapa, con el pelo un poquito más largo y sin maquillar; le sentaba bien el día de asueto. Hasta María, a la que le costaba relajarse incluso en aquel paraíso lejos de su cafetería, parecía tranquila a orillas del lago, con las omnipresentes montañas de fondo y el bosque cubriendo el altozano. Parvati, que ya había propuesto otra salida juntas, contestó a su amiga antes de propinar un gran mordisco a un bocadillo de jamón:

—No es que sea la cuestión principal, pero a mí me llegó al alma que la maestra de Scout gastase el presupuesto escolar en cartulinas para colorear en lugar de en libros y le prohibiese leer.

—Quizá por eso se la considere gótico sureño —las alucinó María—. No me miréis así, lo dice la Wikipedia, y si lo dice la Wikipedia es la verdad absoluta.

—Solo se me ocurre que la tachen de gótica por Boo Radley y toda la morbosa fascinación de los niños por esa leyenda de que lleva años encerrado en casa por su padre y su hermano —contestó Rosa.

Abril, a la que no se le escapaba el contraste de debatir sobre gótico sureño en un paisaje tan norteño y luminoso, apuró su vaso de limonada y meditó un poco.

—Pero entonces —dijo al cabo—, si es por eso, *Grandes esperanzas* también podría considerarse gótica; la señorita

Havisham y su pastel de bodas y todo ese polvo tan lúgubre en la casa cerrada.

—Siempre he querido leer *Grandes esperanzas* —dijo María—. Aunque no sé si el polvo puede considerarse lúgubre.

—Eso es porque no conociste a mi novio de la universidad.

—Propondré *Grandes esperanzas* para el próximo club de lectura —decidió Abril cuando consiguieron dejar de reír y salvar a Parvati de ponerse azul porque se había atragantado con su bocadillo y ya no sabían si lloraba de risa o por la tos—, aunque no he visto ejemplares en el famoso baúl Saratoga de mi abuela. Tendremos que encargarlos en Vielha.

—Anoche encontré un documental de Gregory Peck —comentó Rosa mientras sacaba brillo a una manzana frotándola contra su jersey de algodón antes de comérsela—. Se emitió en televisión al poco de su fallecimiento, en 2003. En una entrevista, le preguntaban cuál había sido la interpretación de su carrera que jamás olvidaría y él contestó que la de Atticus Finch, pero no porque le hubiese reportado un Oscar sino porque para él ese personaje extraordinario siempre fue la definición más acertada de *gentleman* y el hombre al que toda persona honrada le gustaría parecerse.

—Para los lectores, Atticus Finch siempre tendrá el aspecto de Gregory Peck. —María suspiró.

Cuando volvió a la biblioteca, cansada y feliz, se dio una ducha caliente, se vistió con un conjunto de algodón suave de pantalón y sudadera azules y bajó al salón en calcetines, con una copa de vino blanco en la mano y *La torre*, de Daniel O'Malley, en la otra. El inicio del capítulo veintitrés le hizo mirar el ficus artificial con desconfianza. Apenas había retomado las apasionantes aventuras de Myfanwy Thomas, al sobrenatural servicio de Su Majestad, cuando su móvil protestó por falta de batería. Al ponerlo a cargar se dio cuenta de que tenía tres llamadas perdidas de Bárbara.

—Hola, abuela. ¿Qué ocurre?

—Podría estar en curso el armagedón y tú con el móvil en silencio. He intentado avisarte, que conste.

—¿Sobre qué? ¿Sobre el armagedón? Supongo que me daré cuenta si los cielos llueven fuego, los mares se tiñen de sangre, se suceden los desastres naturales y los Cuatro cabalgan de nuevo.

—No estoy segura, depende de en qué capítulo de *Cumbres borrascosas* te encuentres. Tu padre cabalga para allá.

—¿Para el fin del mundo?

—Más o menos. Va a verte. Y está muy enfadado.

—¿Qué ha pasado?

—Pues no lo entendí exactamente. Me gritó algo sobre los trucos de magia de este siglo, sobre la justicia ciega, las albóndigas para cenar y los hackers del demonio, y se fue gruñendo que necesitaba hablar contigo y que todo esto había llegado demasiado lejos.

—Suena parecido al armagedón.

—Buenas noches, cariño. Mañana me cuentas. Salgo a cenar con unos amigos y después nos vamos un ratito al bingo. Si llega el fin del mundo que me encuentre con una copa de cava en los labios y cantando línea.

Era noche cerrada cuando Miguel entró en la biblioteca y se dejó caer, derrotado, en el sofá grande tras quitarse la americana y aflojarse la corbata. Resopló varias veces como respuesta a la bienvenida de su hija, pero parecía más cansado que indignado. O su abuela había exagerado su enfado o cuatro horas conduciendo habían aplacado su ira. Abril le ofreció una copa de vino, que él apuró sin pestañear, y un plato de queso, fuet y longaniza de la zona, junto con un par de enormes rebanadas de pan de payés untadas con tomate y aceite de oliva. Su padre le lanzó una mirada a medio camino entre la gratitud y la admiración y dio un par de bocados antes de decidirse a hablar.

—Siento venir a estas horas, pero era eso o explotar de indignación en el despacho, y ya sabes cómo se pone el portero cuando le salpicamos todo de sesos y vísceras.

—Es muy intransigente.

—*Matar a un ruiseñor* —leyó el título que Abril tenía en la mesa junto con su ejemplar de *La torre*.

—Siempre me has recordado a Atticus Finch —dijo con suavidad.

—¿Porque soy abogado?

—Porque eres paciente y bueno. Porque me enseñaste que la razón no tenía por qué estar del lado de los que más gritan ni del bando más numeroso. Que la conciencia de cada uno no se rige por la ley de la mayoría y que, por muy imperfecto que sea el sistema educativo en nuestro país, solo la educación me salvará de la verdadera pobreza.

—¿Yo te he dicho todo eso?

—Mucho mejor, me lo has enseñado a lo largo de todos estos años.

—Debo de ser una persona muy sabia.

—No tanto como la abuela.

—Nadie es más sabio que tu abuela.

—Me avisó de que venías hacia aquí muy enfadado.

—No estoy enfadado contigo. —Terminó la rebanada de pan, se limpió los labios y los dedos de aceite, apuró los restos de vino de su copa y se reclinó en el sofá—. Ollivander & Fuchs ha retirado la demanda.

Abril se quedó muy quieta, temerosa de no haber oído bien. Si estaba soñando, prefería no despertarse todavía. Carraspeó.

—Ya, te entiendo —dijo con la boca seca—. En tu lugar, yo también estaría muy enfadada.

—No es eso, Abril. Me alegro por ti.

—No pareces muy alegre. —Acertó a dar un sorbo de su copa y tragó el nudo que amenazaba con ahogarla. El corazón se le había desbocado y no se atrevía a repetir siquiera lo que su padre acababa de decir—. ¿De verdad se ha terminado Ollivander para siempre?

La pregunta fue casi un susurro. Estaba a punto de echarse a llorar, de alivio, de alegría, de incredulidad. En la última sesión con la psicóloga, había reconocido que le costaría seguir adelante mientras tuviese pendiente el litigio con la agencia de publicidad. Era lo único que le impedía cortar amarras y avanzar.

—Se acabó —repitió Miguel—. Ni demanda, ni juicio ni publicistas desalmados nunca más.

—Papá, me da miedo creerlo.

—No haría bromas con esto. Se ha terminado.

Se abrazaron durante un minuto largo, hasta que las lágrimas de ella remitieron y dejó de sollozar frases incoherentes sobre el alivio, la gratitud, lo raro que era todo y que si se había muerto envenenada por el acónito y existía el purgatorio prefería que su padre la dejase allí porque era un lugar bastante agradable. Recobró la cordura, se limpió las lágrimas con la manga del jersey y besó a Miguel, que seguía extrañamente callado.

—Eres el mejor abogado de todos los tiempos, aunque como jinete del apocalipsis dejes un poco de desear. Uf —sollozó—, qué alivio. Tenía miedo de que fuéramos a juicio, de la indemnización, de que te salpicara de alguna forma, de la vergüenza, del desprestigio, de no poder seguir adelante teniendo pendiente todo esto. Me siento tan ligera que tengo miedo de salir volando si me sueltas.

—Yo no he hecho nada, Abril —dijo muy serio.

—Entonces ¿cómo...?

—La principal prueba en que basaban la acusación de la demanda por mala praxis y vulneración de confidencialidad de sus clientes era tu correo electrónico, el email con el archivo adjunto de la campaña de Chips Inc. que por error enviaste al CEO de Choaps S. L., y ha desaparecido. No queda ni rastro de ese correo ni de sus posibles respuestas.

—¡Pero eso es imposible! Además —reflexionó—, aunque la agencia lo haya perdido, quedaría el correo que envié, permanecería en los servidores de la otra empresa. Todo mensaje tiene un emisor y un receptor, sale en primero de Comunicación Audiovisual y Publicidad.

—Allí tampoco hay nada. Se ha borrado en los servidores de Ollivander y en los de Choaps. Si hubiese ocurrido en una sola de las dos compañías, todavía quedaría margen para pensar en un accidente, en una casualidad, en una intervención misericordiosa de los Hados. Pero cuando un archivo desaparece de dos empresas distintas, con dos sistemas informáticos independientes y dos servidores que jamás han compartido espacio ni administradores, no sé a ti, pero a mí solo se me ocurre un nombre y no es precisamente Harry Potter.

—Nadie se salva solo —susurró ella. Los latidos se le habían vuelto a disparar y se encontraba muy cerca de entender, incluso sin corsé ni enaguas, los desmayos de las damas victorianas sometidas a emociones fuertes.

—¿Recuerdas que la noche en la que Álex vino para quedarse te conté su historia?

—Eso que hizo con el algoritmo de búsqueda de Google.

—Eso que lo consagró como uno de los mejores hackers de Occidente —rectificó puntilloso el abogado—. Preguntaste que cómo lo habían pillado, si era tan bueno. A los hackers suelen descubrirlos por un problema de ego.

—¿Tienen falta de autoestima?

—No pueden resistirse a dejar su firma allí por donde pasan.

—No sabía que Álex fuese tan estúpido. —Al fin y al cabo, había aprendido a cortar leña en un abrir y cerrar de ojos y distinguía las malas hierbas del jardín del acónito y del boj, un misterio silvestre que ella había renunciado a resolver.

—No lo es, no dejó ninguna pista. Se entregó cuando la policía llamó a la puerta de Marcelo.

—Cierto, me lo explicaste. ¿Por qué asumió él toda la culpa?

—Marcelo participó en la intrusión, aunque no fue tan hábil como su amigo para borrar sus pasos y cuando la policía identificó su dirección IP como origen del delito su esposa estaba embarazada.

El silencio, que tanto habría de echar de menos Abril cada vez que recordase sus días en Trevillés, recuperó sus dominios en la biblioteca. Fuera era noche cerrada y a través de las ventanas apenas se distinguía la silueta tenue del gran abeto de la plaza.

—Álex se declaró culpable porque no podía permitir que el hijo de Marcelo naciese estando su padre en la cárcel —concluyó ella con vértigo en la boca del estómago.

Miguel asintió con la cabeza y se pasó las manos por el pelo.

—Lo que me llevó a pensar que Álex era una especie de héroe. Me deslumbró su lealtad y perdí de vista que se saltaba las leyes. Y ahora ha vuelto a las andadas, ha hackeado dos empresas distintas, que sepamos, y ha borrado información sensible de sus servidores de uno de mis casos.

—¿Has hablado con él? Quizá estés precipitándote.

—No tengo ninguna evidencia material para poder acusarlo. —Se le habían resbalado las gafas de pasta a media nariz, estaba despeinado, se le notaba la sombra de una barba incipiente en el mentón y, aunque no parecía furioso, lucía algo parecido a la decepción en el rictus amargo de la boca—. Ni a él ni a nadie. No ha dejado rastro. A los abogados de Ollivander les ha faltado un pelo para demandarme a mí por delitos informáticos. Están convencidos de que he contratado a alguien para borrar los archivos. Solo cuando les he advertido de que tuviesen cuidado con injuriar a un colega de profesión sin ninguna prueba han dado un paso atrás. Ha sido épico, una escena a lo John Grisham.

Pese al guiño humorístico, a Abril no se le escapaba la amargura de su padre. Por primera vez, se dio cuenta de la cantidad de canas que adornaban su abundante pelo castaño y, al cogerle la mano, de las primeras manchas de la edad que salpicaban su piel. Sintió la decepción de aquel hombre bueno que había aprendido a leer las zonas grises de su profesión, pero que se negaba a rendirse a desdibujar la fina línea que todavía separaba el bien del mal. Comprendía su desazón, pero no podía compartirla porque, aunque nunca le habían gustado los chicos malos y pensaba que las princesas podían rescatarse solas, aquel había llegado a su vida para salvarla.

—Lo siento mucho, papá —dijo con sinceridad—. Siento que te hayas visto en ese brete, que te sientas traicionado por un amigo y que hayas tenido que trabajar para mí. No creo que un padre sueñe con defender alguna vez a su única hija en una demanda judicial cuando imagina su futuro.

—No estoy enfadado contigo —repitió él más tranquilo, resignado a la decepción y al cansancio, quizá pensando que había llegado la hora de jubilarse— y ha sido un privilegio tener la oportunidad de defenderte. En los bofetones que nos da la vida pocas veces podemos hacer algo por quienes amamos. Lo que me lleva a reconocer que entiendo las razones de tu maldito hacker del demonio, solo que su escala de valores morales me parece cuestionable. Muy cuestionable.

Abril le sonrió y se levantó a por otra botella de vino.

—¿Un brindis por la victoria? —le preguntó con una sonrisa mientras llenaba las copas.

—Un poco amarga.

—Pero victoria, al fin y al cabo.

Perdonarse a sí misma por su error le había costado seis meses, veintisiete libros, un chal violeta, muchas tardes de jardín, caminatas por un bosque de alerces y abetos, una cascada impresionante en un deshielo tardío, innumerables conversaciones con las chicas, quince sesiones con la doctora Martínez y un montón de ejercicios de respiración para expulsar los malos presagios. Y aunque todavía no tenía el alta de su psicóloga, sospechaba que no le negaría la opción de continuar las sesiones por videoconferencia.

—Entonces brindemos porque me vuelvo contigo a casa —dijo, convencida de que había llegado el momento.

—¿Por qué tengo la terrible sospecha de que no vas a quedarte conmigo?

—¿Adónde podría ir?

—A dar las gracias al delincuente en el que una vez confié —gruñó Miguel, reacio a encontrarse con la mirada de su hija.

—A estas alturas ya debe de estar en Nueva Zelanda.

—Todavía no se ha ido —volvió a gruñir. Cuando fruncía el entrecejo y se colocaba de nuevo las gafas sobre el puente de la nariz parecía más que nunca Atticus Finch—. Su abogado no deja de poner pegas a la tramitación del visado con su nueva empresa.

—Papá, su abogado eres tú.

—Qué lamentable coincidencia.

19

—¿Eres la chica del cepillo?

Abril levantó la cabeza en busca de la voz femenina que le había lanzado la pregunta desde el balcón de un segundo piso, en una calle tranquila del barrio barcelonés de Sant Andreu. Todavía algo aturdida por el ruido de la ciudad, por la contaminación, el tráfico, los gritos y ese andar apresurado de las personas con las que se cruzaba, había llamado al timbre del interfono antes de caer en la cuenta de las ganas que tenía de salir corriendo de allí y volver a esconderse entre las montañas.

—Álex no está —dijo la mujer rubia del balcón.

Se le unió un hombre joven con un bebé en brazos que se la quedó mirando desde las alturas como si estuviese contemplando un ejemplar muy extraño de un ser humano acalorado e indeciso.

—¿Es la bibliotecaria? —preguntó a su compañera—. No me la imaginaba así.

—¿Así cómo?

—Perfecta.

La mujer le dio un codazo y el bebé soltó un alegre gritito. Abril miró su reflejo en el cristal de la portería que tenía delante para asegurarse de que seguía allí y era visible aunque los demás hablasen sobre ella como si no estuviera presente. Se había recogido la melena en un moño alto, llevaba un vestido de tirantes de algodón y sandalias, pero seguía teniendo calor.

—Álex no está —repitió la mujer, un poco más amable—. Ha salido con Wolfie. Los encontrarás en el parque de aquí al lado. Camina en esa dirección un par de manzanas y luego gira a la derecha.

—Gracias —atinó a articular Abril.

—Espero que no vuelva a dejarlo colgado —oyó que decía el hombre del bebé en los brazos.

—Ha venido —le contestó la mujer—. Eso quiere decir algo.

—¿Te imaginas que no sea su chica? Lo hemos dado por supuesto, pero igual pasaba para vendernos una enciclopedia u ofrecernos cambiar de compañía eléctrica, o quizá era de la inmobiliaria o una periodista rezagada.

—Hace meses que los medios de comunicación se han olvidado del caso. Álex no habría vuelto si todavía los tuviésemos encima.

—Ah, qué efímera es la fama…

Abril, que se habría reído en otras circunstancias menos estresantes, dejó de oírlos en cuanto dobló la esquina y vislumbró el parque. El calor y la humedad se mezclaban en un cóctel desagradable, eran asfixiantes pese a lo temprano de la mañana, y los bancos, a pleno sol, estaban vacíos. Amparados por la sombra de tres árboles raquíticos, un par de jubilados charlaban mientras sus perros jugaban alrededor. Rodeó el parque por su perímetro más exterior, el corazón latiéndole con fuerza, atenta a reconocer una camiseta negra, un pelo castaño despeinado, una mirada seria y querida. Iniciaba su segunda vuelta alrededor de los parterres y los esqueléticos árboles —después de los bosques de Trevillés y del jardín de su biblioteca todo parecía medio marchito— cuando un potente ladrido le retumbó en el pecho. Se dio la vuelta y vio venir corriendo a toda velocidad un lobo joven de respetables proporciones. Contra todo pronóstico, no se abalanzó sobre ella preso de la emoción sino que frenó justo a tiempo para pisarle los pies con cariñosa gentileza y colocarle las patas delanteras en las rodillas. Sin pensarlo siquiera, Abril se agachó y envolvió aquel noble cuello casi querido en un abrazo. Cuando se incorporó, tras las fiestas de bienvenida, se encontró de frente, parado a tres pasos de ella, con el mejor amigo de Wolfie. Sonrió tranquila, por primera vez serena y sin miedo desde que había decidido volver a la ciudad para encontrarlo. Allí estaba, mirándola, plantado a medio camino entre el enfado y la sorpresa.

—No has respondido a mis llamadas —gruñó con cara de malas pulgas.

—Tenía asuntos pendientes.

—¿Es el título de algún libro?

—Es otra manera de decirte que me daba demasiada pena despedirme de ti así, por teléfono, poquito a poco.

—Por eso has venido a despedirte en persona, de golpe.

—Deja de intentar adivinar qué hago aquí, se te da fatal.

—Ilumíname, chica del cepillo, porque ando a ciegas desde que no te tengo en el otro lado del sofá, leyendo bajo la lámpara.

Sus palabras la devolvieron a aquellas noches en la biblioteca, cuando el invierno blanco contrastaba con la calidez de su jersey, de su chal de lectura, de la chimenea y el olor a libros. Se aferró al recuerdo de sus conversaciones nocturnas, con un Dickens entre las manos y la risa bailándole en el pecho pese al gris tan triste de sus ojos. Solo él podía interrumpirla y quedar indemne de cualquier maleficio; él, que había despejado una selva jurásica en busca de historia, que había alimentado las chimeneas y la esperanza, que había explorado el *camí de la Caputxeta* y se había hecho amigo del lobo. Segura de que nada malo podía ocurrir mientras siguiese prendida de sus ojos castaños, se acercó un poco más escoltada por Wolfie y la certeza de que nunca le había parecido tan complicado escoger las palabras que necesitaba en aquella campaña. Quizá porque todas se le quedaban pequeñas.

—Sé lo que has hecho —dijo—, y aunque a nuestro abogado le parezca terrible y no nos acepte nunca más como clientes, me siento agradecida.

—No sé de qué me hablas —contestó con el ceño más fruncido que de costumbre.

—De que hace un calor horrible en esta ciudad ruidosa y contaminada. He visto en Google que en Nueva Zelanda ahora mismo es invierno y que el aire en Wellington es cien veces más puro que aquí. Está cerca de los bosques de Wrights Hill y del lago Kohangatera, al otro lado del canal.

—¿Has estado investigando sobre Nueva Zelanda?

—No creo demasiado en eso de empezar de nuevo en otro lugar, sobre todo porque la persona que eres se muda contigo a todas partes. Pero, una vez, un ingeniero impaciente me pidió que me fuese allí con él. Quiero pensar que la invitación sigue en pie.

Álex cambió el peso del cuerpo de una pierna a otra y enderezó la espalda, ligeramente incómodo o nervioso, o tal vez solo estaba a punto de echar a correr y dejarla atrás para siempre. A ella se le daban mucho mejor leer los libros que a las personas.

—Necesitas un visado —dijo él tras un leve carraspeo— y un montón de burocracia más, y acabas de decir que nuestro abogado nos ha despedido.

—Entonces, se lo pediré a mi padre. —Era novata en eso de abrir su corazón, pero si había un momento crucial para intentarlo era justamente ese—. Álex, mírame, estoy aquí más o menos entera. Se acabó seguir congelada, he sobrevivido al deshielo y mis pies ya no intentan ir por caminos de agua porque resultaba cansadísimo y nada práctico. He aceptado mis errores y, aunque no me he perdonado del todo, estoy lista para continuar con mi vida. Sé, sin ninguna duda, que quiero que sea contigo. Ya lo sabía antes, en Trevillés, la noche en que me encontraste bajo el odioso ficus, como Stanley al doctor Livingstone en las selvas cercanas al lago Tanganica, pero entonces no habría sido justo que te lo dijera. No te merecías a esa mitad de mí, tan triste y mermada, que se había adueñado de quien era.

»Cuando no puedes moverte, los libros te prestan alas para volar. Por eso la biblioteca devino un doble refugio de mi tristeza, por eso no fue hasta que te marchaste cuando empecé a entender que deseaba avanzar, salir del ámbar que me inmovilizaba. Todavía no pensaba en seguirte, pero al fin sentía el deseo de estar entera.

La escuchaba, pero Abril todavía no estaba segura de que la hubiese creído. Lo había dejado marchar, solo, después de un beso que explicaba teorías cuánticas enteras y ni siquiera había contestado a sus llamadas después. Estaba a punto de alegar enajenación mental transitoria bibliotecaria cuando él por fin preguntó:

—¿Qué ha cambiado?

—Que tú me ayudaste, que Trevillés y la biblioteca y Parvati y Rosa y María y todos me ayudasteis. Que ya no tengo miedo ni demandas pendientes, que no quiero seguir escondida. Y aunque sé que habrá momentos en los que me rinda otra vez, días en los que me rondará la tristeza y todo se volverá del revés, también sé que pasarán, que nada es tan terrible y que todo saldrá bien porque mi siembra ha sido buena. —Acortó la distancia que los separaba dando un par de pasos hacia él con la sinceridad en los labios y el ruego en su mirada gris como un cielo de tormenta—. He tenido el mejor club de lectura en mi largo naufragio, pero había cierta parte del camino que debía recorrer sola. Y aquí estoy, por si acaso os apetece a Wolfie y a ti que os acompañe un poquito más mientras dure el camino.

—Abril —la interrumpió—, si das un paso más voy a besarte y esta vez no pienso soltarte.

Pero fue él quien redujo la distancia a ninguna antes de que su bibliotecaria tuviera tiempo siquiera de suspirar de puro alivio.

—¿Has dejado tu querida biblioteca para venir a buscarme? —preguntó después del primer beso.

—No hagas que me arrepienta. —Sonó un poco extraña, allí contra sus labios, sin aliento, sin miedo, sin preocuparse de nada más que de seguir respirando y disfrutar de ese momento.

—Me arrepentí mil veces de dejarte en Trevillés.

—No habrías conseguido nada quedándote y, por lo visto, tenías algo importante que hacer aquí. —Esperó a que él confirmara o desmintiese sus palabras, pero se había quedado inmóvil, como si supiera que a ella todavía le quedaba otra pregunta pendiente—. Entonces ¿eres de los que piensan que el fin justifica los medios?

—No, chica del cepillo. Pero mis madres me enseñaron que hay algo que está por encima de cualquier principio: protegemos a quienes amamos.

Epílogo

En el barrio de Mount Victoria, en la ciudad de Wellington, en Elizabeth Street, había abierto una nueva librería. Pequeña, acogedora, con suelos de madera clara y estantes a juego, ofrecía una taza de té y galletas de chocolate a sus clientes en los días más fríos del invierno neozelandés y una sonrisa de bienvenida de su propietaria en cualquier estación. Estaba especializada en clásicos literarios, en autores locales y en el convencimiento de no subestimar jamás el poder de un buen libro. Desde su rincón de lectura, la librera alcanzaba a ver los verdes bosques de Mount Victoria tras una pequeña ventana. Pasaba algún minuto de la hora del cierre y, mientras esperaba tranquila a que un ingeniero y su lobo pasaran a recogerla para volver juntos a casa, abrió el portátil y se conectó a la videollamada que esperaba.

—¡Parvati! —exclamó feliz cuando vio en la pantalla la cara de su amiga—. ¿Qué hora es ahí? Me hago un lío con los husos horarios y nunca os pillo para charlar un rato. Os echo mucho de menos.

—Son las ocho y media de la mañana. ¡Y nosotros sí que te echamos de menos! ¿Cómo va el negocio?

—Muy bien. La buena gente de Wellington no lee demasiado, pero sus hijos sí. Sueño con una generación futura de neozelandeses que bauticen a sus retoños con nombres como Oliver, Brontë, Atticus, Jane o Dorrit. Y me he enamorado de una joven autora local, Eleanor Catton; tenemos que leer *Las luminarias* en el próximo club de lectura. O, mejor, dentro de unas semanas porque la novela es larguísima.

Había sido duro despedirse de sus amigos de Trevillés. Todos, excepto el Grinch, que un año después seguía enfadado por la fuga traicionera de las bibliotecarias, disimularon que no les sorprendía que Álex y ella se fuesen juntos, y Parvati, tras muchas vueltas, se había ofrecido voluntaria para mantener abierta la biblioteca y organizar las videoconferencias de los viernes para continuar con el club de lectura a distancia.

—Jamás se me habría ocurrido que Parvati recogiera el testigo —había dicho Bárbara cuando Abril le comunicó la decisión de continuar con el proyecto.

—Abuela, pero si la llamaste por teléfono para decirle que habías leído en un artículo de *National Geographic* que el síndrome del nido vacío se mitigaba con nuevas responsabilidades fuera del hogar. Incluso le pusiste el ejemplo de gestionar una biblioteca, cosa que me sorprendió porque sueles ser mucho más sibilina que eso.

—Siempre he sido un poco sibila, sí. —Se rio por el juego de palabras—. Recuerdo una noche en la que llegó tu padre y me presentó el caso de un informático que necesitaba un lugar donde esconderse. Pensé que sería perfecto para ti.

—Lo es.

—Ambos lo sois. Perfectos el uno para el otro. La lástima es que os empeñéis en serlo tan lejos de mí.

—¿No te gustaría conocer Nueva Zelanda? Si no andas muy ocupada cerrando bingos por ahí con tus amigotes, tengo un encargo para ti. Verás, mi librería tiene una pequeña parcela de malas hierbas en la parte trasera y me da miedo plantar nada por si al remover la tierra me aparecen unas vasijas antiguas.

—¡Descarada!

Había tenido que mudarse a las antípodas para hablar más a menudo con su abuela, y aunque le había arrancado la promesa de que quizá algún día asomaría su adorable nariz por allí, sospechaba que Bárbara esperaría primero a que ella volviese a Barcelona en diciembre. Su padre, que había guardado un enfurruñado silencio en cuanto le confirmó que Álex no se marcharía solo del país, mantuvo las distancias durante los primeros meses de su mudanza. Se sentía traicionado y aliviado a partes iguales, a medio camino entre la mala conciencia y la gratitud, y había preferido no volver a hablar con el ingeniero. Hasta que una mañana de noviembre llamó a Abril para decirle que se jubilaba.

—Estoy cansado y quiero dedicarme a otras cosas.

—¿A qué otras cosas?

—Pues no tengo ni idea, pero iré descartándolas una a una hasta que encuentre a la que me apetezca dedicarme.

—A mí me parece que serías un excelente consejero.

—¿De la mafia?

—De lo que tú prefieras, pero me temo que eres demasiado mayor para replantearte tus escrúpulos con el lado oscuro.

—Escrúpulos que no he sabido transmitirte.

—Uno de mis libreros favoritos siempre me dice que me vaya al lado oscuro; tienen galletas.

—Preferiría hacerme repostero.

—¿Por qué pienso que se te dará muy mal eso de la jubilación?

—Porque no tienes imaginación, deberías leer más.

Además de la conexión de los viernes para comentar la lectura escogida, Parvati, María y Rosa solían llamarla las noches de los Jueves de Las Tejedoras. Pese a las diez horas de diferencia, se tomaban juntas un té —en Trevillés el último del día y en Wellington el primero de la mañana— y charlaban sobre lo pequeño y cotidiano, sobre el pueblo y sus amigos, sobre libros y esperanzas; sobre la vida, al fin y al cabo.

—La semana pasada María decidió jubilarse —le explicó Parvati tras apuntarse el título de Eleanor Catton y asegurarle que lo encargaría en la librería de Vielha—. No te lo dijo ella en persona porque le dio vergüenza.

—¿Por qué? Mi padre también habla de jubilarse, y María no puede ser peor que él.

—Porque la jubilación le duró tres días. —Parvati se rio—. Tres días aguantó en su casa con la cafetería cerrada. Al cuarto rompió los papeles de la tramitación de la Seguridad Social y volvió a abrir. Llevaba años dándonos la vara con la jubilación, pero no la habíamos creído ni un solo instante. Nos puso de excusa que, como era la única cafetería del pueblo, tenía miedo de que Ángel también se pusiera a hacer de barman y se quedase dormido sobre la máquina del café.

—Rosa me escribió ayer un correo y me contó que por fin habían pasado los arqueólogos para la primera visita de comprobación, pero no parecía muy animada. Me dijo que apenas se habían quedado veinte minutos y que se marcharon con mucha prisa.

—Ya, es que ella no estaba y no pudo atenderlos. Tenía una reunión comarcal en Vielha y cuando llegó al pueblo ya se habían ido.

—¿Las ánforas no tienen ningún interés histórico? —se sorprendió Abril.

—Prométeme que lo que voy a contarte no saldrá de aquí.

—¿Quieres decir que sería un escándalo en Nueva Zelanda?

—Mujer, a Álex y a Wolfie sí que puedes explicárselo, pero no le cuentes nada a Rosa, por favor, me da mucha pena verla tan desanimada con la cuestión de las ánforas romanas, aunque me parece que estaremos mucho más tranquilos así.

—¿Qué ha pasado?

—Pues que la señora Lola y Salvo vieron llegar el coche de los arqueólogos y corriendo para tu jardín que se fueron los dos. En cinco minutos les habían puesto la cabeza como un bombo. Una contándoles su vida y la de todas las familias del pueblo hasta cuatro generaciones atrás por si pudiesen estar emparentados con Adriano y el otro pidiéndoles un montón de permisos municipales para una inspección.

—Pero sí que necesitarán ciertos permisos si quieren excavar.

—¿También para observar sin ánimo de lucro ni vandalismo a través de gafas de sol no graduadas inmunes a los rayos X o algo así?

—No lo había oído en mi vida.

Abril se rio de buena gana. Podía imaginarse la escena como si estuviese de nuevo allí, en su añorado jardín, con dos arqueólogos atribulados a pie de unas ánforas romanas, el torrente rosa que era la señora Lola y el mal humor incontenible de Salvo acorralándolos contra los castaños. Pobres arqueólogos, con sus sueños de expediciones napoleónicas a Egipto y sus suspiros por la Troya de Schliemann.

—Ellos tampoco. Total, que se fueron agobiadísimos. Estaban tan aturullados que no sé si se acordaron siquiera de fotografiar las ánforas y el terreno. No he querido contar nada a Rosa y creo que es mejor que no lo sepa. Se enfadaría mucho con Salvo.

—Todos solemos estar enfadados con Salvo, no veo la diferencia.

—Yo no tocaría mucho la moral a nuestra alcaldesa, hay rumores de que Ángel quiere casarse en el pueblo y no sé quién va a oficiar la ceremonia si no es Rosa.

—¡Parvati! Convéncelos de que se casen en Navidad, así podremos asistir a la boda. Tiene que ser en la plaza, bajo el enorme abeto adornado con las luces. Las dos bibliotecarias podemos ser las damas de honor.

—¡Qué ganas tengo de que volváis!

—¿Nosotros o tus chicos?

—¡Todos!

—Os echo de menos —dijo con la sonrisa en los labios.

Acababa de ver a Wolfie pasar como un rayo por delante del escaparate. Se paró en la puerta, bajo el rótulo de madera de TREVILLÉS BOOKSHOP, y la rascó con las patas delanteras tras lanzar su ladrido de saludo.

Se despedía apresurada de Parvati hasta el viernes cuando un ingeniero alto, de pelo castaño enmarañado, ceño fruncido y larguísimo abrigo negro se asomaba a su ventana con pintas de querer decirle algo.

—Llegas tarde —lo saludó Abril en cuanto cerró la librería y se hubo reunido con él en el exterior.

—Un ingeniero nunca llega tarde, chica del cepillo. Ni pronto —dijo parafraseando a Gandalf.

—Llega justo cuando se lo necesita.

Agradecimientos

Gracias a Clara, que plantó la semilla. A Laura Gomara, que me infundió dudas, me las resolvió y me iluminó con su extraordinaria brillantez. Gracias a Isi Orejas por ayudarme con las cuestiones legales y no ofenderse con los chistes sobre abogados. A mis amigas, Rosa, Mayte, Cristina, Laura R., Marisa y Jan por sus charlas literarias telefónicas o con meriendas en librerías. Gracias a mi Ingeniero por dar verosimilitud al entramado hacker, por sus macarrones a la carbonara y por existir; sin ti sería alguien mucho peor. Gracias mil a todo el equipo de Ediciones B y Penguin Random House por su profesionalidad, su amabilidad y su impecable trabajo. Y, por encima de todo, gracias a ti, lectora, que siempre me acompañas.

Índice